Momo Heiß

Das Feuer und der Kolibri

Geschichten, die beflügeln

Mit Tuschezeichnungen
von Yani Wang

HERDER

FREIBURG · BASEL · WIEN

Inhalt

Der Flug des Kolibris

Bevor uns der Fluss der Geschichten in den Bann ziehen wird, möchte ich den Titelhelden dieses Buches vorstellen, einen ungewöhnlichen, kleinen Weggefährten, der mit leichtem Schwung in dieses Buch hereingeflogen kam und mir sehr ans Herz gewachsen ist. Der Kolibri wird uns mit seinem faszinierenden Wesen von einer Geschichte zur anderen begleiten.

Dieser kleinste Vogel der Welt ist die Hauptfigur der ersten Geschichte. Den Nachfahren der Inka gilt er trotz seiner geringen Größe als mächtiges Krafttier. Er ernährt sich ausschließlich von süßem, klarem Nektar und trägt diese Klarheit als Essenz in sich. Ihm gelingen erstaunlich weite Reisen, denn der winzige Vogel fliegt jährlich Tausende von Kilometern zwischen Südamerika und Kanada hin und wieder zurück. Und er kann nicht nur flirrend an einem Platz in der Luft verharren, sondern vermag es auch, in unsichtbare Welten zu schweben.

So wie er von einer Blüte zur anderen fliegt, begleitet uns der Kolibri in diesem Buch von einer Geschichte zur nächsten. Er taucht dabei mit seinem Schnabel tief in die Geschichten hinein, und während er ihren Nek-

tar genießt, verfängt sich stets ein wenig Blütenstaub in seinem Gefieder. In ihm zeigt sich ein bestimmtes Motiv, das er in die nächste Geschichte hineinträgt, um diese dann noch facettenreicher schillern zu lassen.

Wenn in diesem Buch also der kleine Kolibri auftaucht, lohnt es sich, sich Zeit zu nehmen, um den Nektar der gelesenen Geschichte zu verdauen, ihr nachzuspüren und erst dann zur nächsten Geschichte weiterzufliegen. Für diese Pause sorgt auch der stimmungsvolle Gesang des Kolibris …

Du findest dich,
verwandelst dich,
wirst getragen
und fliegst dann doch

Das Feuer und der Kolibri

Unzählige Bäume hatten Feuer gefangen. Sie loderten und brannten auf eine Art und Weise, wie es die Tiere des Waldes noch nie gesehen hatten. Im berstenden Feuer liefen sie um ihr Leben – bis sie eine kleine Anhöhe erreichten, auf der sie sich versammelten. Von dort aus starrten sie gebannt auf die qualmenden Feuerherde. Der Rauch brannte in ihren Augen, und zitternd mussten sie zusehen, wie ihre Heimat verging.

Nicht aber der kleine Kolibri. Kaum war er in Sicherheit, flog er emsig zu einem kleinen Bach und schöpfte mit seinem langen Schnabel einen kleinen Tropfen Wasser. Mit flinken Flügelschlägen brachte er ihn zum brennenden Wald und ließ ihn dort auf die flackernden Flammen fallen. Dann eilte er wieder zurück und holte erneut ein Tröpfchen aus dem gurgelnden Bach. Ohne Unterlass flog er so, mal mit vollem, mal mit leerem Schnabel, hin und her, immer wieder über die vor Schreck erstarrten Tiere hinweg.

Der Elefant, der mit seinem riesigen Rüssel eine unglaubliche Menge an Wasser hätte tragen können, schüttelte beim Anblick dieses eigenartigen Vogels müde und verständnislos den Kopf. Gegen dieses gewaltige Feuer anzukommen, war aussichtslos.

Und als der Kolibri ein weiteres Mal über die Köpfe der Tiere hinwegzog, rief ihm das Gürteltier zu: »Kolibri, Kolibri, was machst du denn da?« Der Kolibri hielt inne, stand flatternd in der Luft und schaute nach unten.

Während schwarzgraue Ascheteilchen über die Tiere hinwegfegten, fuhr das Gürteltier fort: »In dein kleines Schnäbelchen passt doch nur ein winziges Tröpfchen Wasser, und dort drüben tobt ein mächtiges Feuer! Dein kleines bisschen Wasser verdampft ja bereits beim Herunterfallen.« Und aufgebracht fügte er hinzu: »Was du tust, ist vollkommen unsinnig!«

Auch die anderen Tiere fingen an, auf den Kolibri einzureden, um ihn zur Vernunft zu bringen. Der Kolibri schwebte mit vibrierenden Flügeln über ihren Köpfen. Er erwiderte nichts, sondern setzte unvermittelt seine Tätigkeit fort und flog weiter eifrig hin und her.

Einmal aber kam er für einen kurzen Moment über den Tieren zum Stehen und rief ihnen mit klarer Stimme zu:

»Ich bin ein Kolibri
und ich bin klein,
aber ich tue, was ich kann.
Und ich gebe mein Bestes!«

Der Ruf des kleinen Kolibris blieb nirgends ungehört. Und fasziniert davon, wie unbeirrt der Kolibri seiner inneren Stimme folgte, betrachtete auch der Himmel staunend das emsige Vögelchen. Die Ausdauer, mit der das kleine Wesen sein scheinbar aussichtsloses Werk vollbrachte, die Unermüdlichkeit und Herzenskraft rührten den Himmel zutiefst. Und das rief eine Veränderung in ihm hervor.

Kaum merklich bildeten sich neblige Schleier, die immer dichter wurden und sich nach und nach zu mächtigen Wolken formten. Und so gesellten sich zu den Wassertropfen des Kolibris schließlich die Regentropfen des Himmels hinzu, die bald immer zahlreicher wurden. Und Tropfen für Tropfen besänftigten sie das Feuer, bis es schließlich erlosch.

Welt in der Welt,
kraftvoll und zart zugleich,
voller Wunder
für dich und mich

IM GEFIEDER DES KOLIBRIS:
DIE KRAFT DES WASSERS

Zwei Krüge

An beiden Seiten baumelte ein Krug. Die Gefäße waren jeweils mit einem Seil am Ende eines Stockes befestigt. Diesen hatte sich der Junge quer über die Schultern gelegt. Jeden Morgen machte er sich so auf den Weg zur Quelle, um für seine Familie Wasser zu holen. Er war stolz, diese wichtige Aufgabe erfüllen zu können, und die Selbstverständlichkeit, mit der er seiner Tätigkeit nachging, erfreute alle, die ihn sahen.

Nach längerem Fußmarsch erreichte er sein Ziel, eine Quelle. Er setzte die Krüge ab und ließ sich das klare Wasser über Hände und Gesicht fließen. Während er seinen Durst stillte, vermengte sich das sprudelnde Nass mit der Frische des Morgens. Am Boden hockend füllte er schließlich die beiden Krüge randvoll mit Wasser, band sie wieder an den Stock und trug sie den weiten Weg nach Hause.

Einer der beiden Krüge war neu, der andere aber war alt. Diesen alten Krug gab es bereits, bevor der Junge das Licht der Welt erblickt hatte. Und wie es einem mit solchen Dingen gehen kann, war ihm dieser Krug besonders ans Herz gewachsen.

Im Laufe der Jahre hatte er aber einen feinen Riss bekommen, einen Riss, der so dünn und unscheinbar war, dass man ihn kaum bemerken konnte. Aber durch ihn verlor der Krug stetig, Tropfen für Tropfen, das kostbare Wasser, das er doch hätte halten sollen. Als der Junge in der kleinen Hütte ankam, in der er mit seiner Familie wohnte, hatte der alte Krug bereits wieder die Hälfte seines Wassers verloren.

Der andere Krug war makellos und prächtig und brachte jeden Tag sicher und stolz all sein Wasser nach Hause.

Und der Krug mit dem Sprung schämte sich. Eines Nachts füllte sein Klagen die Hütte: »Ach wie gerne …«, schluchzte er, »wie gerne, würde ich all mein Wasser heimbringen.«

Wie im Traum erinnerte er sich an das Schaukeln am Seil auf dem Weg zur Quelle und zurück und fühlte dabei den Hochmut des anderen Krugs und die Mühen des Jungen. Diesen betrachtete er nun, wie er schlafend in der Stube neben ihm lag. »Warum nimmt er mich überhaupt noch mit? Er sollte mich eigentlich wegwerfen!«

Und der makellose Krug, der etwas entfernt auf dem Fenstersims stand, blickte mitleidig zum alten hinüber – und gab ihm recht.

Der Junge aber war wach geworden. Und da er die Sprache der Krüge verstehen konnte, richtete er sich in seinem Schlaflager auf und schaute seinen alten Krug an. »Junge», sagte der Krug mit brüchiger Stimme, »ich bin zu nichts mehr nutze. Ich schäme mich. So gerne würde ich mein gesamtes Wasser mitbringen. Aber ich verliere es!« Und mit einem wehmütigen Blick auf den makellosen Krug fügte er hinzu: »Ich bin doch nichts wert. Bitte … wirf mich weg!«

»Nein, das würde ich niemals tun!«, erwiderte da der Junge aufgeregt. Er sah den alten Krug liebevoll an. »Morgen früh, mein guter Krug, da werde ich dir etwas zeigen, wenn wir zur Quelle gehen!«

In dieser Nacht klopfte das Herz des Jungen vor Vorfreude, und das Klagen des Krugs wandelte sich in Neugierde auf das, was der nächste Tag bringen würde.

Als die Sonne aufging, machte der Junge sich wie gewohnt auf den Weg. An der Quelle angekommen, füllte er die beiden Krüge bis zum Rand. Dann beugte er sich zu dem alten Krug hinunter und sagte zu ihm: »Schau auf dem Rückweg hinunter auf deine Seite des Weges«. Daraufhin band der Junge die Krüge, wie gewohnt, jeden an eine Seite des Stocks und ging los.

Wie staunte da der alte Krug, als er auf den Wegesrand hinunterblickte: Auf seiner Seite säumten bunte Blumen den Pfad. Sie dufteten und leuchteten in allen Farben. In seinem Kummer hatte er sie zu-

vor noch nie wahrgenommen. Und er erkannte, dass es die gleichen Blumen waren wie die, die der Junge täglich in einer kleinen Vase auf den Tisch der einfachen Stube stellte.

»Ich weiß schon seit Langem, dass du Wasser verlierst«, sagte der Junge zu ihm. »Deswegen habe ich Wildblumensamen gesammelt und sie neben den Weg gestreut«, die Blumen wiegten sich leicht im Wind, »und zwar genau dort, wohin dein Wasser rinnt.« Er lachte. »Du gießt diese Blumen also jeden Tag. Tropfen für Tropfen. Deswegen ist es so bunt und schön auf der Seite des Weges, an der ich dich immerzu trage.«

Und der alte Krug mit dem Riss, der da am Stock baumelte, hätte vor Freude zerspringen können.

Blütenzauber
entfaltet sich
auf vielen Wegen,
die du finden kannst

IM GEFIEDER DES KOLIBRIS:
DER DUFT EINER BLUME

Das Blumenmeer

Ein Zauberbann lag über dem ganzen Land, und niemandem war es bisher gelungen, diesen Bann zu brechen. Lange Zeit wurde nach dem oder der Richtigen gesucht, doch es schien ausweglos. Alle Hoffnung ruhte nun auf einer jungen Frau, die eine außergewöhnliche Gelassenheit in sich trug. Sie kam aus einem kleinen Dorf aus den Bergen und hatte von dort einen langen Weg zum Palast zurückgelegt. Von den kaiserlichen Gesandten wurde sie zu einer Höhle geführt. Sie sollte tief in den Berg hineinwandern, bis sie einen hellen Schein sehen würde. Erst dann sollte die Frau erfahren, welche Aufgabe sie lösen musste, um das ganze Land zu befreien. Lange lief sie tastend durch die Finsternis, bis sie in der Ferne endlich ein schwaches Leuchten wahrnahm. Die Frau folgte dem schwachen Licht und entdeckte im Gestein einen Durchgang. Als sie durch das Loch kroch, erklang eine Stimme, die aus vielen Richtungen zugleich zu sprechen schien: »Dich erwartet nun ein Meer aus Blumen. Doch alle Blumen

sind künstlich – bis auf eine. Finde die einzige lebendige Blume, und der Bann wird sich lösen.«

Als die Frau daraufhin in eine riesige unterirdische Halle trat, dauerte es eine Weile, bis sich ihre Augen an die Helligkeit gewöhnt hatten, denn weit oben im felsigen Gestein schien durch eine Öffnung gleißendes Tageslicht herein. Die Sonnenstrahlen erhellten die unzähligen Blumen, die den gesamten Höhlenboden bedeckten. Jede Blume war schön, jede war einzigartig. Der Anblick des Blumenmeers war so berauschend, dass die junge Frau wie gebannt davorstand. Mit ihren vielfältigen, kunstvollen Blütenblättern schienen sie sich in nichts von echten Blumen zu unterscheiden. Offenbar ließ ein starker Zauber sie so lebendig aussehen. Es war unmöglich, unter all den vielen künstlichen Blumen die gesuchte echte Blüte zu erkennen. Die Aufgabe schien unlösbar. Dennoch wirkte die Frau seltsam ruhig und betrachtete das weite Meer aus Blumen.

Und plötzlich, wie aus dem Nichts, begannen ihre Augen zu leuchten. Zielsicher ging sie auf eine der Blumen zu, pflückte sie ohne auch nur die Spur eines Zweifels und trug sie den weiten dunklen Weg zurück.

Als die Frau schließlich wieder aus der Höhle hinaus ins Helle trat, übergab sie die Blume den kaiserlichen Gesandten, und in diesem Moment war der Bann gebrochen. Seitdem nannte man sie »die Weise«, und ihre Meinung hatte stets großes Gewicht.

Doch was mochte dort in der Tiefe der Höhle geschehen sein? Wie war es der Frau gelungen, unter all den künstlichen Blumen die einzige echte herauszufinden?

Aus der Öffnung, durch die das Sonnenlicht hindurchstrahlte, war eine kleine unscheinbare Biene in die Höhle geflogen. Sie hatte leise summend ihre Kreise gezogen und sich nach einiger Zeit auf die einzige natürliche Blüte gesetzt. Und diese Biene hatte »die Weise« gesehen.

Im Verborgenen
wirkt der Duft der Blume,
leicht und tief
verändert er alles

IM GEFIEDER DES KOLIBRIS:
GELASSENHEIT

Wer weiß das schon!

Der Bauer war ein stiller, freundlicher Mann, der mit seinem fast erwachsenen Sohn am Dorfrand lebte und von allen sehr geschätzt wurde. Das Wertvollste, was der bescheidene Mann besaß, war sein braun geschecktes Pferd, mit dem er auf eine besondere Art und Weise verbunden war.

Doch eines Tages verschwand das Pferd. Der Bauer und sein Sohn suchten es den ganzen Tag – bis in die Nacht hinein. Auch in den nächsten Tagen dauerte die Suche an. Aber es schien aussichtslos. Als Ursache fanden sie schließlich eine kaputte Stelle im Zaun und reparierten sie.

Das Tor zur Koppel aber ließen sie offen, immer in der Hoffnung, dass das Pferd zurückkehren würde.

Nach ein paar Tagen kam der Freund und Nachbar des Bauern vorbei. Er sagte mit aufrichtiger Anteilnahme: »Es tut mir so leid, dass du dein Pferd verloren hast.«

Der Bauer aber zwinkerte ihm schelmisch zu, und es war schwer zu sagen, ob in seiner Stimme wirkliches Bedauern mitschwang, als er nachdenklich erwiderte: »Gut oder schlecht, wer weiß das schon?«

Und siehe da! Eines Tages kam das heiß geliebte Pferd zurück! Und es brachte gleich drei Wildpferde mit. Wie prächtig und schön sie waren!

Sie folgten dem Braungescheckten wie selbstverständlich auf die Koppel. Es war ein Leichtes, schnell das Gatter zu schließen, und es folgte eine herrliche Zeit, die kein Ende nehmen wollte. Während der Sommer zum Spätsommer wurde, ritt der kräftige Sohn des Bauern die kostbaren Wildpferde zu. Die kleine Herde war eine pure Augenweide, und die Dorfbewohner freuten sich mit dem fröhlichen Bauern.

Als der Nachbar wieder einmal vorbeikam, meinte er: »Was für ein Glück du mit deinem Sohn und deinen Pferden hast!«

Doch auch diesmal sah der Bauer ihn schelmisch an – und es war nicht zu erkennen, ob Frohsinn seine Worte begleitete: »Gut oder schlecht, wer weiß das schon?«

Mit der Zeit wurde es Herbst. An einem traumhaften Tag – die Blätter zeigten ihre schönsten Farben, und das Licht fiel golden auf die Koppel – passierte es: Der prächtige Sohn fiel vom Pferd. Und er fiel so unglücklich, dass sein Bein unheilbar zerschmetterte. Nach einigen Wochen war absehbar, dass der Sohn sein ganzes Leben lang auf Krücken seiner Wege gehen würde.

»Es tut mir so leid für deinen Sohn. Was für ein Unglück!«, klagte der Nachbar bei seinem Besuch und drückte ihm sein tiefstes Mitgefühl aus.

Wieder war nicht zu erkennen, welche Gefühle die Worte des Bauern lenkten, als er sagte: »Gut oder schlecht, wer weiß das schon?«

Der Winter kam. Doch in diesem Winter kam mit der klirrenden Kälte etwas noch viel Schrecklicheres ins Land. Mit der Kälte des Winters kam der Krieg.

Es war still und trostlos im Dorf. Alle jungen Männer waren eingezogen worden. In den Gassen und auf den Feldern herrschte bange Traurigkeit. Der Sohn des Bauern aber konnte wegen seines Beines nicht in den Krieg ziehen und blieb im Dorf.

Als der Nachbar an einem kalten, schneereichen Tag vorbeikam, sagte er: »Was für ein Glück für dich, mein Nachbar, dass dein Sohn bei dir bleiben darf.« Und in seinen Worten schwang große Erleichterung mit. Er freute sich für den Freund: »Schlussendlich hast du Glück gehabt!«

Der Bauer aber murmelte weise: »Gut oder schlecht, wer weiß das schon?«

Sich selbst gehören,
Sinn in sich tragen
und Teil sein
dieser sich wandelnden Welten

IM GEFIEDER DES KOLIBRIS:
FREUNDSCHAFT

Zwei Freunde

Mit seinen goldenen Hufen und dem weißen glatten Fell schien das Pferd nicht von dieser Welt zu sein. Es gehörte Nabek. Er hatte einen Freund namens Daga, und dieser hatte schon immer ein Auge auf dieses prachtvolle Pferd geworfen. Oft hatte er seinen Freund schon gebeten, es ihm zu verkaufen. Er würde alles dafür geben, sagte er immer, alles!

Doch Nabek wollte sein Pferd nicht verkaufen. Niemals würde er dieses herrliche Pferd hergeben. Für kein Geld dieser Welt.

Doch Daga dachte Tag und Nacht an nichts anderes als an dieses weiß schimmernde Pferd. Sein Neid wuchs und wuchs. Schließlich hatte er eine Idee. Er verkleidete sich als Bettler und wartete in der Wüste an einer Weggabelung auf seinen Freund.

Und als dieser mit seinem prächtigen Pferd vorbeiritt, verbarg Daga sein Gesicht mit einem Teil seines Turbans und rief: »Bitte gib mir etwas zu essen für mich und meine Kinder. Wir sind so hungrig.«

Er formte seine Hände zu einer Schale und hielt sie Nabek mit gesenktem Kopf entgegen.

Da stieg Nabek von seinem Pferd, suchte in seiner Satteltasche nach etwas Brot und reichte es dem Bettler. Doch da sprang Daga auf, schwang sich auf das Pferd und galoppierte triumphierend durch den Wüstensand davon. Wie herrlich das war! »Jetzt ist es mein Pferd!«, rief er ausgelassen, und seine Freude über die gelungene List kannte keine Grenzen.

Nabek aber, der in diesem Moment seinen Freund erkannt hatte, rief ihm hinterher: »Daga, warte! Ich muss dir etwas sagen!«

Das machte Daga neugierig. Was wollte sein Freund ihm jetzt noch mitteilen? In sicherer Entfernung brachte er das herrliche Pferd zum Stehen. Die goldenen Hufe glänzten in der Sonne.

Nabek rief: »Bitte erzähl niemanden davon, mit welcher List du mein Pferd an dich genommen hast.« Und er fügte eindringlich hinzu: »Prahl nicht damit!«

»Warum nicht?«, rief Daga zurück. Die Hitze flimmerte.

»Es wäre schrecklich für all jene, die wirklich betteln müssen«, gab Nabek zur Antwort. »Denn es würde ihnen bald keiner mehr Glauben schenken, und sie müssten verhungern.«

Da erstarrte Daga auf seinem Pferd und sah seinen Freund an, der so allein in der Wüste stand, mit dem Stück Brot in der Hand, das er dem Bettler hatte geben wollen.

Und nach einer Weile setzte sich das Pferd in Bewegung, und Daga ritt entschlossen auf seinen Freund zu. Als er ihn erreicht hatte, stieg er ab und gab Nabek das Pferd zurück. Von da an hatte der Neid keine Macht mehr über ihn.

Was mit mir gekommen ist,
lasse ich hier,
und trage nur weiter,
was gebraucht wird

IM GEFIEDER DES KOLIBRIS:
HILFSBEREITSCHAFT

Der gelbe Kranich

Ein Wirbelsturm hatte Mi alles genommen: sein auf Stelzen gebautes Elternhaus, die Reisfelder seiner Familie und sogar seine Eltern selbst. Nun war er alleine, und die Welt, wie er sie kannte, gab es nicht mehr. Wo einst sein Zuhause gewesen war, herrschte nun nichts als Zerstörung.

Das Einzige, was Mi noch besaß, war ein kleines Säcklein, in dem sich das mühsam ersparte Geld seiner Eltern befand. »Du sollst es einmal besser haben«, hatten sie stets gesagt. »Du sollst nicht den ganzen Tag auf den Feldern schuften, sondern in die Welt reisen, um zu studieren.« Das war ihr innigster Wunsch gewesen.

Also machte Mi sich mit dem Geldbeutel auf den Weg. Er wollte jede einzelne Münze allein für seine Studien ausgeben und nahm sich vor, für alles andere selbst zu sorgen. Sein erstes Ziel war die Stadt, die seinem Heimatort am nächsten war. Auf seiner Wanderschaft dorthin blieb er, wann immer seine Arbeitskraft gebraucht wurde, für ein paar Tage bei verschiedenen Bauersfamilien. So konnte er nach getanem Werk mit ein wenig Wegzehrung oder einem kleinen Lohn weiterziehen. Auf diese Weise gelang es ihm, das Geld seiner Eltern zu erhalten. Der leichte Klang seiner kleinen Flöte, die er sich aus Bambus hergestellt hatte, begleitete ihn.

Als Mi das kleine Städtchen erreichte, betrat er eine bescheidene Gaststube. An den alten Tischen saßen nur wenige Gäste, und da er ein offenes und freundliches Wesen hatte, fand er sich bald inmitten der Männer und Frauen an einem wackeligen Tisch. Er spielte auf seiner Flöte und erzählte ihnen von dem Wirbelsturm, der ihm alles genommen hatte, und von seiner Wanderschaft. Mi berichtete auch von dem ersparten Geld seiner Eltern und dass er hier war, um den Traum vom Studieren wahr zu machen. Die Zuhörenden waren berührt von seiner Geschichte, und der Gastwirt bot Mi an, bei ihm zu bleiben. Er könne abends, wenn alle Gäste gegangen waren, in der Gaststube auf der Sitzbank schlafen und jeden Morgen eine warme Suppe bekommen.

Und so kam es, dass Mi zwei ganze Jahre bei dem Gastwirt lebte. Er studierte und half zugleich, wo immer es ging. Die Zeit verstrich schnell. Dann kam der Tag, an dem er Abschied nehmen musste, um seine Studien in einer anderen Stadt fortzuführen.

Bevor er sich jedoch wieder auf den Weg machte, sagte er zu seinem Gönner und Gastwirt: »Ich habe ein Geschenk für dich«, und holte aus seiner Tasche ein kleines hölzernes Ei, in dem ein Stück gelbe Kreide lag. Mit dieser Kreide begann er nun, an die Wand der Stube einen Kranich zu zeichnen. Er malte ihn so kunstfertig und schön, dass es dem Gastwirt vorkam, als wäre der gelbe Kranich lebendig. Mi erläuterte: »Wenn du heute Abend deine Gäste bewirtest, dann klatsche drei Mal in die Hände. Der Kranich wird daraufhin für dich und alle Anwesenden aus der Wand fliegen!« Staunend schaute der Gastwirt erst auf das Bild und dann auf den Studenten. »Aber eines musst du wissen«, fuhr Mi fort, während er das hölzerne Ei wieder in seine Tasche steckte, »niemals – unter gar keinen Umständen – darfst du den Kranich für eine Person allein fliegen lassen! Es müssen immer mehrere Gäste sein.«

Dann verließ Mi die Gaststube und ging durch die Straßen des Städtchens, bis er das Stadttor erreichte. Langsam wanderte er davon und war bald nur noch als kleiner Schatten zu sehen, der durch die Felder strich und schließlich in der Ferne verschwand.

Der Abend kam, und als die wenigen Gäste in die Wirtschaft traten, bewunderten sie sogleich das Gemälde an der Wand. Nachdem er ihnen das Essen auf den Tisch gestellt hatte, klatschte der Wirt drei Mal in die Hände.

Und tatsächlich – wie von Zauberhand bewegte sich der gelbe Kranich, schüttelte sein Gefieder, breitete die Flügel aus und flog über die Köpfe der verdutzten Zuschauer hinweg. Seine Federn rauschten leise, und die Gäste spürten einen leichten Windhauch im Gesicht. Wirt und Gäste trauten ihren Augen nicht. Sie beobachteten jede seiner majestätischen Bewegungen, und als der Kranich seinen Flug durch die Stube beendet hatte, verschwand er wieder in der Mauer, und zurück blieb nichts weiter als ein kunstvolles Wandbild. Daraufhin folgte eine benommene Stille. Dann begannen die Gäste, erst leise und bald immer aufgeregter durcheinanderzusprechen.

Und natürlich wurde am nächsten Tag überall erzählt, was sich in der Gaststube Wundersames zugetragen hatte. Bald wusste man es im ganzen Städtchen, und die bescheidene Wirtschaft wurde jeden

Tag voller. Die Wirtschaft hatte lange nicht mehr so viele Gäste gesehen, und der Wirt freute sich sehr über diese erstaunliche Wende in seinem Leben.

Wann immer die Mahlzeiten auf den Tischen standen, klatschte der Wirt drei Mal in die Hände. Daraufhin stieg stets der gelbe Kranich aus der Wand, flog seine zauberhafte Runde über die Köpfe der staunenden Gäste hinweg und verschwand bald darauf wieder in der Wand, auf der nur sein Abbild zurückblieb.

Von dieser wundersamen Begebenheit erfuhr man auch außerhalb des Städtchens, und so machte sich eines Tages der hohe Minister des Kaisers auf den Weg in die Stadt. Als er mit seiner prächtigen goldenen Kutsche durch das Stadttor fuhr, sprangen die Menschen beiseite und verneigten sich tief vor dem hohen Besuch, denn eine solch wertvolle Kutsche mit großem Gespann hatte man in dem kleinen Städtchen noch nie zu Gesicht bekommen.

Die Kutsche hielt direkt vor der Wirtschaft. Der Minister stieg aus. In den Händen hielt er einen geflochtenen Korb und schritt forsch in die Stube hinein. Mit einer herrschaftlichen Handbewegung winkte er die Mittagsgäste hinaus, und bald saß er alleine mit dem Gastwirt an einem der Tische. Er blickte auf die Wand mit der Zeichnung des Studenten.

»Heute Abend, wenn die Sonne untergeht, möchte ich sehen, wie dein Kranich fliegt!«, befahl er. »Ich will es mit eigenen Augen sehen, und der Vogel soll ganz allein für mich fliegen!«

Der Gastwirt fühlte sich sichtlich unwohl, als er entgegnete: »Eure Hoheit, unterwürfigst möchte ich gestehen, dass das leider nicht möglich ist.« Er räusperte sich. »Der Kranich fliegt nur, wenn viele Menschen beisammen sind.«

Da öffnete der Minister den Korbdeckel, schüttete eine riesige Menge Goldmünzen auf den Tisch und stellte unmissverständlich fest: »Er wird für mich allein fliegen!«

Der Wirt war von dem Anblick des vielen Geldes wie benommen. So viele Münzen auf einem Haufen hatte er noch nie gesehen. Vermutlich besaß nicht einmal die reichste Familie der Stadt so viel Geld. Er würde nie mehr arbeiten müssen, wenn ihm dieser Reichtum gehörte. Für seine gesamte Familie – selbst für die Kinder und Kindeskinder – wäre gesorgt.

Der Gastwirt war von diesem Gedanken so gefangen, dass er gar nicht bemerkte, wie der Minister das Gold wieder in den Korb zurückgelegt hatte und mitsamt dem Schatz aus der Wirtschaft hinausgegangen war. Doch seine Worte klangen ihm noch in den Ohren: »Heute Abend komme ich wieder. Dann will ich ihn fliegen sehen, deinen gelben Kranich, und vergiss nicht: Mir allein soll er sich zeigen!«

Die Wirtschaft war nun leer. Der Gastwirt verriegelte Türen und Fenster. Das war für die Bewohner des Städtchens ein sicheres Zeichen dafür, dass sein Lokal heute geschlossen war. Dann setzte er sich wieder an den Tisch, um nachzudenken. Und so saß er lange Zeit in der Stille der dunklen Stube.

Als die goldene Kutsche am Abend vorfuhr, saß er immer noch da. Es klopfte kräftig an der Tür, der Gastwirt öffnete, und der Minister setzte sich an den Tisch. Wortlos holte der hohe Gast das Gold hervor. Der Wirt nahm es schweigend entgegen und verstaute es in der Sitzbank, auf der der Student einst geschlafen hatte. Dann klatschte er drei Mal in die Hände.

Sehr langsam setzte der Kranich sich in Bewegung. Müde schüttelte er die glanzlosen Federn und schien zu schwach zum Fliegen. Als er versuchte, in die Höhe zu steigen, hoben sich seine Füße kaum vom Boden. Schließlich schlüpfte er erschöpft in die Wand zurück.

Daraufhin folgte eine bedrückende Stille.

»Ein lächerliches Schauspiel!«, dröhnte der Minister. Er war entrüstet und schaute den bleich gewordenen Gastwirt an. Dann räumte er mit Gönnermiene ein: »Aber gut, dein schwächlicher Vogel ist, wie versprochen, für mich aus der Wand herausgekommen, du kannst das Gold behalten!« Damit verließ der Minister die Stube, und der Gastwirt war wieder allein. Ungläubig starrte er auf den leeren Tisch und die leeren Stühle und auf die Sitzbank voller Gold. Da klopfte es ein weiteres Mal an die Tür, und unvermittelt betrat Mi den Raum. Schweigend legte er das hölzerne Ei auf den Tisch, holte seine Flöte hervor und spielte eine kleine Melodie.

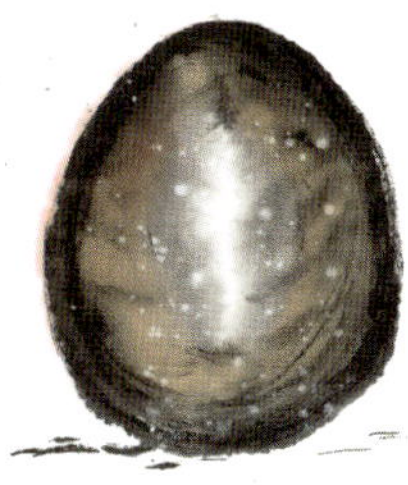

Daraufhin stieg der Kranich müde aus der Wand, und begleitet von den sanften Tönen der Flöte schwebte er zu dem hölzernen Ei, das die Kreide aufbewahrt hatte, mit der Mi ihn einst gezeichnet hatte, und verschwand darin. Mi steckte das Ei in seine Tasche zurück, packte seine Flöte ein und verließ wortlos die Gaststube. Er ging durch die Straßen des Städtchens, bis er das Stadttor erreichte. Dort blickte er sich ein letztes Mal um, bevor er das Tor durchschritt. Langsam wanderte er davon und war bald nur noch als kleiner Schatten zu sehen, der durch die Felder strich und schließlich in der Ferne verschwand.

Im Ungewissen
kommt manches aus dem hervor,
was erst noch geschehen soll,
und findet einen Weg, sich zu zeigen

IM GEFIEDER DES KOLIBRIS:

EIN ZAUBERHAFTES EI

Huhn oder Adler?

Die Bäuerin liebte Vögel über alles, deswegen hatte sie sehr viele Hühner, und diese führten ein freies und glückliches Hühnerleben: Sie pickten, flatterten und gackerten und hatten Auslauf und Rückzugsmöglichkeiten, ganz wie es ihnen gefiel.

Bei einem Spaziergang fand die Bäuerin ein eigenartiges Ei. »Es muss aus einem Nest gefallen sein«, wunderte sich die Vogelliebhaberin und betrachtete das Ei genauer. Es sah aus wie ein übergroßes, leicht gesprenkeltes Hühnerei. Kurzerhand nahm sie es mit. »Sollen es meine Hühner doch ausbrüten!«, dachte sie.

Kaum zurück, legte sie das Ei in den Hühnerstall. Und tatsächlich, die Hühner brüteten es geduldig aus, bis es nach einigen Wochen soweit war.

Ein flauschiges Knäuel pellte sich aus dem Ei. Ihm war nicht anzusehen, was einmal aus ihm werden sollte. Doch die Bäuerin, vogelkundig, wie sie war, erkannte es sofort: Es war nichts anderes als ein Adlerküken!

Das verschlafene Vögelchen schaute sich zwischen all den Hühnern um und nahm stillschweigend an, dass es selbst wohl auch ein Huhn sein müsse.

Und auch die Hühner waren felsenfest davon überzeugt, dass das etwas eigenartige Geschöpf in ihrer Mitte nichts anderes sein konnte als ein Huhn. Und so wurde der kleine Adler auf Hühnerart gehegt und gepflegt.

Und der junge Adler versuchte alles, um zu sein wie ein Huhn, und sah dabei oft recht lustig aus. Er ahmte die Hühner nach, wie sie scharrten und pickten, tippelte auf dem Hof umher und flatterte hektisch mit den großen Flügeln. Die Bäuerin beobachtete das amüsiert. Die Hühner aber lästerten: »Du meine Güte, wie der sich bewegt! Das sieht ja albern aus!«

Und statt den gackernden Lauten eines Huhns erklang aus seinem Schnabel nur ein quietschender Schrei. Die Bäuerin schmunzelte, wenn sie das hörte, doch die Hühner schimpften und krähten: »Kannst du dich nicht normal benehmen wie ein vernünftiges Huhn?« Und sie drehten ihm den Rücken zu.

Im Laufe der Zeit wurde der Adler immer größer und größer, und bei jedem ungeschickten Versuch, so

zu sein wie ein Huhn, wurden die Hühner noch ungeduldiger mit ihm, und bald sah der Adler sich mit ihren Augen. Er war ungeschickt und unzureichend. Dabei wünschte er sich doch nichts sehnlicher, als so zu sein wie die anderen Hühner auch. Aber es wollte ihm einfach nicht gelingen!

Die Jahre vergingen, der Adler lebte als Huhn unter Hühnern, und schließlich hatten sich alle an die Unbeholfenheit dieses eigenartigen Vogels gewöhnt. Doch als der Adler in seinen mittleren Jahren war, sah er eines Tages am Himmel einen prächtigen Vogel seine Kreise ziehen: Herrlich weite Schwingen hatte er, und sein braunweißes Gefieder glänzte in der Sonne. Gebannt sah der Adler nach oben und rief den

anderen Hühnern zu: »Seht ihr den herrlichen Vogel dort oben?« Es war, als könnte er fühlen, wie sich jener Vogel weit oben im Himmel von den Lüften tragen ließ. »Wollt ihr nicht alle genauso hoch und frei in den blauen Himmel fliegen?«, rief er begeistert.

Die Hühner aber erstarrten. Sie waren stockstill und blickten den Adler fassungslos an. »Was bildest du dir ein?«, gackerten sie empört, »Weißt du nicht, dass da oben niemand anderes fliegt als der Adler, der König der Lüfte?« Zornig schielten sie auf dieses dreiste, riesige Huhn, scharten sich vorwurfsvoll um es herum und wetterten: »Du maßt dir an, fliegen zu können wie der mächtigste aller Vögel, obwohl du doch nicht einmal flattern kannst wie ein vernünftiges Huhn?«

Da wurde der Adler, der sich noch immer für ein Huhn hielt, ganz still und traurig. Er schaute ein letztes Mal sehnsüchtig nach oben und versuchte dann, weiter zu flattern und zu picken wie ein Huhn, zu scharren wie ein Huhn und zu gackern wie ein Huhn.

Vielleicht starb der Adler eines Tages als Huhn. Vielleicht aber folgte er irgendwann dem Ruf des freien Adlers und fliegt heute noch hoch oben am blauen Himmel.

Dein Leben ist es,
das sich wandeln kann,
sich verwandeln kann
bis ins Unerdachte

IM GEFIEDER DES KOLIBRIS:
DER TRAUM VOM FLIEGEN

Die Ratte, die sich fledermauste

Die alte Ratte hatte schon alles erlebt, was eine Ratte erleben kann. Und sie hatte auch schon alles gefressen, was eine Ratte so fressen kann! In ihrem langen Rattenleben hatte sie sich in den Häusern der Menschen durch die Vorräte gefressen, sie hatte vom Müll gekostet und sich von dem gestärkt, was sie in der freien Natur finden konnte.

Sie hatte auch viele Male Rattenkinder bekommen, und einige Rattenmänner hatte sie auch gehabt. Die alte Ratte hatte also gut gelebt, gut geliebt und gut gefressen.

So schaute sie auf ihre Lebenszeit zurück, und es fiel ihr nichts ein, was darin fehlte. Nur nachts, wenn sie hinauf in die Blätter der alten Bäume schaute, da sah sie die Fledermäuse, wie sie lautlos durch die Nacht flogen. Wie gerne würde sie selbst so schnell und wendig durch die Nacht schweben wie ein lautloser Schatten. Und sie begann, sich nach reifen Bananen und anderen Früchten des Urwalds zu sehnen wie die Fledermäuse.

Und da wusste sie, was sie tun musste: Beherzt lief sie in die Fledermaushöhle und kletterte die Wand hinauf. Oben in den Nischen des Gesteins richtete sich die alte Ratte ein und hängte sich kopfunter an die Höhlendecke. Dort verharrte sie.

Da kam eine Fledermaus angeflogen und fragte sie, was sie dort mache. »Ich verwandle mich in eine Fledermaus«, antwortete die Ratte schlicht.

Und blieb hängen.

Die Fledermaus lachte, flog zu den anderen und rief: »Schaut mal, die Ratte hängt an unserer Höhlendecke und verwandelt sich!« Und kichernd fügte sie hinzu: »Die Ratte fledermaust sich!« Da kamen die anderen Fledermäuse herbei und blieben eine Weile bei der Ratte, die sich fledermauste. Dann flogen sie hinaus in die Nacht, unter den Ästen der alten Bäume hindurch, um nach reifen Früchten zu suchen, und ließen die Ratte in Ruhe. Denn sie wussten, dass sie vor allem Ruhe brauchte, um sich verwandeln zu können.

Es dauerte ein paar Tage, und es dauerte ein paar Nächte, und dann musste die Ratte ihren Schwanz loslassen.

Und es vergingen ein paar Nächte, und es vergingen ein paar Tage, und da wuchsen der Ratte Fledermausflügel, geschmeidig und schön.

Doch als es soweit war und sie sich ganz und gar in eine Fledermaus verwandelt hatte, da fürchtete sich die Ratte plötzlich sehr vor dem Fliegen!

Da kamen die anderen Fledermäuse wieder zu ihr. »Die Ratte ist jetzt eine Fledermaus!«, freuten sie sich. Als sie merkten, dass die Fledermaus-Ratte sich vor dem Fliegen fürchtete, sagten sie sanft: »Flattere ein wenig mit deinen Flügeln.« Und die Fledermaus, die einst eine Ratte war, flatterte vorsichtig mit ihren neuen Flügeln. »Und nun überlass dich dem Wind, er wird dich tragen!«, riefen die Fledermäuse aufmunternd.

Die verwandelte Fledermaus zögerte, doch dann schloss sie die Augen, ließ los und vertraute sich der Luft an.

Husch – da flog die Fledermaus in die Nacht hinaus, unter den Ästen der alten Bäume hindurch, und suchte nach reifen Bananen und anderen reifen Früchten des Urwalds.

Wende dich
und wandel dich,
und wenn du willst,
verwandel dich

IM GEFIEDER DES KOLIBRIS:
LEICHTIGKEIT

Zwei Schwalben

Der Künstler versuchte, seine Ehrfurcht vor den erhabenen, goldbestückten Wänden zu verbergen, als er vor dem Kaiser stand. Verlegen blickte er zu Boden. Als er jedoch die Stimme des Herrschers vernahm, hob er den Blick und schaute das erste Mal in dessen Augen. Sie waren hell und strahlend und an die Macht gewöhnt.

»Zeichne mir zwei Schwalben!«, forderte der Kaiser. »In vollem Flug. Leicht und flüchtig sollen sie aussehen.« Seine tiefe Stimme hallte wider in dem prächtigen Saal. »Ich werde dich gut belohnen. Du kannst mir jeden Preis nennen. Doch bevor ich dir deinen Lohn gebe, möchte ich das Werk sehen. Bring es mir, sobald es fertig ist.« Und ohne die Antwort des Malers abzuwarten, befahl er: »Und nun geh!«

Da ging der Künstler, und der Kaiser kümmerte sich wieder um seine Geschäfte und vergaß darüber, dass er diesen Auftrag vergeben hatte. Es vergingen Wochen, Monate und sogar Jahre, bis dem Kaiser das Bild wieder einfiel: »Dieser Künstler ist ja gar nicht zurückgekommen!«, dachte er ebenso verwundert wie aufgebracht. Und aus Neugier machte er sich schließlich auf den Weg in die Stadt und suchte nach dem Haus des Malers. Nach einiger Zeit hatte er es in einer kleinen Gasse entdeckt und trat ein.

Barsch forderte der Kaiser die Zeichnung seiner Schwalben.

Wortlos nahm der Künstler ein Blatt Papier. Die Feder flog mit feinem Strich über das Weiß. Und die Schwalben, die im Nu wie von Zauberhand gemalt, auf dem handgeschöpften Papier erschienen, wirkten leicht und lebendig, als wären sie soeben losgeflogen.

Der Kaiser war völlig gefangen von der Kunstfertigkeit dieses Mannes. Und der Künstler nannte ihm seinen Preis. Dieser Preis schien ungeheuerlich hoch, dafür, dass die Zeichnung so rasch und leichthin, ohne großen Aufwand getan war.

»Dieser Mann hielt es nicht für nötig, in meinen Palast zu kommen und mir eine Zeichnung zu bringen, die ihn weder Zeit noch Mühe gekostet hat!«, dachte der Kaiser empört und wandte sich an den Maler: »Ewig hast du mich warten lassen und verlangst am Ende noch solch einen hohen Lohn?«

Der Künstler aber blieb seelenruhig und nickte schweigend. Dann führte er den Kaiser mit sonderbarer Anmut in den Nebenraum, in dem sich sein Atelier befand.

Der Kaiser schaute sich verblüfft um. Der lichtdurchflutete Raum war von oben bis unten voller Blätter. Und auf jedem Papier war die Zeichnung zweier fliegender Schwalben zu sehen. Staunend nahm er mal das eine, mal das andere Blatt in die Hand. Und da begriff der Kaiser, dass der Künstler jahrelang nichts anderes gemacht hatte, als tagein und tagaus Schwalben zu zeichnen.

Und da verstand der Kaiser, warum es dem Maler zuvor gelungen war, die Schwalben mit solcher Leichtigkeit zu Papier zu bringen. Und er zahlte ihm seinen Preis.

Das Unsichtbare
spürbar machen,
das Leichte
sichtbar

IM GEFIEDER DES KOLIBRIS:
KUNSTFERTIGKEIT

Der Hutmacher

Der Hutmacher war unterwegs zum Markt, um seine Hüte zu verkaufen. Viele Monate hatte er mit seiner Familie damit zugebracht, sie fertigzustellen. Denn schon seine Eltern, seine Großeltern und seine Urgroßeltern waren Hutmacher. Die kunstvoll gewirkten Hüte schillerten in tausend Farben und Mustern und waren so fein, schön und bunt wie sonst keine in der ganzen Gegend. Sie waren sehr beliebt auf dem Markt.

Für seine zweitägige Fußreise transportierte der Hutmacher die Schönheiten auf ungewöhnliche, aber praktische Art und Weise: Er hatte sie alle übereinandergestapelt. Und diesen Turm aus gestapelten Hüten trug er nun stolz und fröhlich auf seinem Kopf.

Gut gelaunt lief er durch den dichten, weiten Dschungel mit den vertrauten Tiergeräuschen, und sein schwankender Turm aus bunten Hüten blinkte und leuchtete durch die vielfältigen Blätter hindurch. In der Mittagshitze wurde der Hutmacher müde und

setzte sich in den Schatten eines Mangobaums, um sich ein wenig auszuruhen. Dabei schlief er ein.

Auf dem Mangobaum befanden sich zur gleichen Zeit zahlreiche vergnügte Affen. Diese sahen die bunten schillernden Hüte auf dem Kopf des Schlafenden, und ein besonders freches Äffchen kletterte neugierig herunter. Mit einer flinken Handbewegung schnappte es sich den obersten Hut und huschte damit zurück in die Baumkrone.

Die anderen Affen schauten fasziniert auf den Hut, an dem das Äffchen nun interessiert herumfingerte, und bald traute sich ein weiteres Äffchen. Und so kam, ausgelassen und mutig, ein Äffchen nach dem anderen aus den Ästen hervor, und jedes schnappte sich einen bunten Hut vom Stapel des Schlafenden, bis nur noch ein einziger auf seinem Kopf übrig blieb.

Wie freute sich da die Affenhorde im Wipfel des Mangobaums! Da wurde gekreischt und wild von Ast zu Ast gesprungen. Ausgelassen warfen sie sich einander die Hüte zu und machten einen ordentlichen Radau!

Davon wachte der Hutmacher schließlich auf. Er schaute den Baum hinauf, sah die Affen mit seinen wertvollen bunten Hüten spielen, und als er sich auf seinen Kopf fasste, bekam er nur noch einen einzigen Hut zu fassen. Aufgebracht fuchtelte er damit herum und rief zu den Affen im Baum: »Gebt mir sofort meine Hüte wieder!«

Die Affen wurden still – sie schienen nachzudenken und schauten den Mann aufmerksam an. Dann fuchtelten sie ihrerseits mit den Hüten weit oben auf dem Mangobaum herum und brüllten vergnügt.

»Das gibt's doch nicht!«, schimpfte der Hutmacher. Er ballte die Fäuste und reckte sie in die Höhe. Das betrachteten die Affen wiederum gespannt, nur um anschließend ihrerseits Fäuste zu machen und damit in die Luft zu stoßen. Die Tiere johlten vor Begeisterung.

Der Hutmacher war außer sich. War das der Lohn für die monatelange Arbeit an den Hüten?

»Wenn ihr mir nicht sofort meine Hüte wiedergebt!«, drohte er den Affen mit erhobenem Zeigefinger und starrem Blick. Und seine Augen funkelten dabei wie der Hut auf seinem Kopf, der in vielen Farben glitzerte. Davon inspiriert setzten sich die Affen die Hüte auf ihre Köpfe, stierten mit großen Augen zurück und streckten bedeutungsvoll ihre Zeigefinger in die Höhe, was ihnen äußerste Konzentration abverlangte.

Inzwischen machte sich Verzweiflung in dem Hutmacher breit, denn er musste sich eingestehen, dass er keine Chance hatte, seine wertvollen Hüte wiederzubekommen, und so riss er sich seinen letzten Hut vom Kopf und warf ihn frustriert auf den Boden. Und mit einem »Wusch« landete der wertvolle Hut auf dem ausgetretenen Dschungelpfad. Die Affen hielten erstaunt inne. Nach kurzer Stille nahmen sie ihrerseits mit großer Geste ihre eigenen Hüte vom Kopf und warfen sie mit kräftigem Schwung, genau so, wie der Hutmacher es ihnen vorgemacht hatte, vom Baumwipfel hinunter. »Wusch«, »wusch«, »wusch«. Ein Hut nach dem anderen landete auf dem Boden, bis alle wild verstreut herumlagen.

Da musste der Hutmacher lachen! Er lachte und lachte und sammelte dabei seine Hüte wieder ein. Und er lachte immer noch, als er die Hüte fein säuberlich ausbeulte. Dann stapelte er sie akkurat ineinander, bis sie wieder einen farbenfrohen Turm ergaben. Er wischte sich die Lachtränen aus dem Gesicht, setzte sich den Stapel aus Hüten wieder auf den Kopf und setzte leichten Schrittes seine Reise zum Markt fort.

Ein paar Tage später hatte er alle Hüte erfolgreich verkauft und wanderte wieder zurück in sein Dorf. Dort erzählte er vergnügt von dem, was ihm am Mangobaum passiert war, und schmückte seine Geschichte gestenreich aus: Die Kinder, die Alten, alle lachten mit ihm.

So kam diese Geschichte in Umlauf und wurde im Dorf und den Nachbardörfern weitererzählt. Auch die Kinder des Hutmachers liebten diese Geschichte, die er immer und immer wieder erzählen sollte. Und so wanderte diese Geschichte von einer Generation zur nächsten.

Eines Tages marschierte auch der Ururenkel jenes Hutmachers mit einem Stapel Hüte auf dem Kopf in Richtung Markt. Und wie sein Ururgroßvater wurde auch er unterwegs müde und ruhte sich zufälligerweise genau am selben Mangobaum aus, an dem schon sein Urahn gerastet hatte, und auch er schlief ein.

Und tatsächlich befand sich auch zu dieser Zeit eine aufgeweckte Affenbande im Baum. Und auch diese Äffchen schnappten sich, eins nach dem anderen, die Hüte vom Kopf des Schlafenden. Als der Hutmacher aufwachte und in die Baumwipfel zu den

fröhlichen Affen schaute, die mit seinen Hüten spielten, fiel ihm sofort die Geschichte ein, die seit jeher in seinem Dorf erzählt wurde.

Und in diebischer Vorfreude fuchtelte er scheinbar erbost mit seinem Hut herum. Die Affen winkten ihrerseits vergnügt mit ihren Hüten. Der Hutmacher ballte gespielt die Faust, und die Affen erhoben daraufhin ebenfalls ihre Fäuste. Während der Hutmacher scheinbar unglücklich hin- und herrannte, sprangen die Affen kreischend von Ast zu Ast. Drohte er wütend mit dem Zeigefinger, drohten die Affen zurück. Endlich warf der Hutmacher in freudiger Erwartung seinen Hut schwungvoll auf den Boden und rechnete mit den fallenden Hüten. Doch zu seiner großen Verwunderung war das Schauspiel mit einem Mal vorbei. Kein einziger Affe warf seinen Hut zu Boden. Der Ururenkel des Hutmachers war fassungslos.

Da kletterte ein kleiner Affe den Stamm des Baumes herunter und winkte ihn zu sich. Der Hutmacher ging ganz nah an den kleinen Affen heran. Dieser reckte daraufhin sein Hälslein und flüsterte ihm leise ins Ohr: »Weißt du, auch wir Äffchen erzählen uns Geschichten. Aber das Ende hat uns nicht gefallen!«

Frei und leicht
entfaltet sich
Lebendiges
immerzu

IM GEFIEDER DES KOLIBRIS:
ENTWICKLUNG

Das Seil

Nein«, brummelte der kleine Affe vor sich hin, während er geduckt über die Landschaft lief, »ich gehöre nicht in die Steppe, ich gehöre auf die Bäume! Weit hinten am Horizont kann ich sie noch sehen, die Wälder, mein Zuhause. Wie soll ich drei Tage und drei Nächte auf dieser eigenartigen Versammlung ertragen? Warum bloß haben die Ältesten mich, einen unbedeutenden, jungen Affen, als ihren Vertreter ausgewählt, der doch nichts anderes will als zurück auf die Bäume? Warum nur?«

Während der kleine Affe diesen Gedanken nachhing, kam er seinem Ziel immer näher und erreichte bald den kreisrunden Krater inmitten der weiten Landschaft. Darin warteten die übrigen Tiere bereits auf den Beginn der Besprechung. Jede Tierart war da: der Elefant, die Fledermaus, das Gürteltier, das Pferd, der Pinguin, der Wolf, der Kranich, die Biene, das Huhn, der Kojote, der Adler und unzählige andere. Der kleine Affe schaute von oben in die Runde und bemerkte fasziniert, dass kein Tier dem anderen etwas zuleide tat. Unumstößlich war diese Regel bei derartigen Treffen, bei denen regelmäßig verhandelt wurde, wie die verschiedenen Spezies der Erde miteinander umgingen. Jedes Tier sagte, was für seine Art notwendig war, um auf dieser Welt Bestand zu haben. Die Rede ging dann drei Tage lang im Kreis herum. In früheren Jahren hatte die Konferenz stets mit einer Lösung geendet, die ein Gleichgewicht unter den Tieren garantierte.

Doch das hatte sich in den letzten Jahren grundlegend geändert. Eine große Unruhe war entstanden. Keiner wusste mehr genau, wie, wann und warum das geschehen war. Jedenfalls herrschte seitdem Streit und Unfrieden auf den Treffen. Und als der kleine Affe nun am Kraterrand hinunterkletterte, spürte er eine unangenehme Kälte zwischen den Tieren.

Als die feindseligen Debatten begannen, saß der kleine Affe verloren inmitten der Vielfalt des Tierreiches. Er wusste, dass er als Vertreter seiner Spezies auch seinen Beitrag leisten musste – doch er zweifelte: Ob ihm überhaupt etwas einfallen würde? Was sollte er bloß sagen? Er fühlte sich völlig fehl am Platz.

In seinem Kopf vermischten sich die aufgebrachten Tierlaute zu einem undurchdringlichen Stimmengewirr, und sein Blick schweifte unruhig hin und her, bis er plötzlich an der gegenüberliegenden Kraterwand hängen blieb. Dort baumelte von oben ein eigenartiges Seil herab: Es war braun, weich und unten etwas ausgefranst und zog die Aufmerksamkeit des kleinen Affen magisch an. Denn das Seil sah aus wie eine Liane und erinnerte ihn an sein Zuhause.

Doch genau vor diesem Seil hatten seine Verwandten ihn gewarnt: »Fass es nicht an!«, »Lass es in Ruhe!«, »Komm ihm ja nicht zu nahe!«, hatten sie ihm eingeschärft und ihm erzählt, dass ein anderer Affe einmal dieses Seil angefasst hätte. Daraufhin wäre etwas passiert, das so unaussprechlich angsteinflößend gewesen sei, dass die Tiere der Erde bis heute kein Wort mehr darüber verlören. Mehr verrieten sie ihm nicht und hielten das Stillschweigen aufrecht.

Doch den kleinen Affen ergriff eine merkwürdige Sehnsucht, das seltsame Tau hinaufzuklettern.

Schließlich wurde es Nacht. Die Tiere legten sich im Krater nieder. Der Sternenhimmel brachte die ersehnte Ruhe, und der kleine Affe war erleichtert, dass er an diesem ersten Tag noch nicht an die Reihe gekommen war.

Doch anstatt sich zu überlegen, womit er sich am nächsten Tag zu Wort melden könnte, sah er noch immer fasziniert auf das eigenartige Seil, das im nächtlichen Mondschein glänzte. Sollte er vielleicht doch hinüberlaufen? Kaum hatte er das gedacht, schlich er schon vorsichtig durch die Menge der schlafenden Tiere. Auf der gegenüberliegenden Seite angekommen, kletterte er ein gutes Stück den Kraterrand hinauf, streckte dann vorsichtig sein Ärmchen aus und berührte sanft das weiche Seil. Behutsam zog er sich daran empor. Zum ersten Mal, seit er in das Rund gestiegen war, atmete er tief durch und dachte: »Dieses verbotene Seil ist noch schöner als die Lianen zu Hause.« Da hörte er von oben ein tiefes, beruhigendes Brummen. Neugierig kletterte der kleine Affe weiter hinauf, bis seine Finger den Kraterrand zu fassen bekamen.

Da hätte ihn fast der Schlag getroffen! Denn das, woran er sich hinaufgehangelt hatte, war überhaupt kein Seil, sondern der Schwanz eines Löwen! Der Löwe hatte sich so geschickt zwischen den Vorsprüngen an der Kraterkante versteckt, dass von allen Seiten nur sein Schwanz zu sehen gewesen war.

»Ich muss wahnsinnig sein!«, dachte der kleine Affe entsetzt. »Ich habe mich an den Schwanz eines Löwen gehängt!« Und plötzlich wurde ihm auch klar, warum die Verwandten ihn gewarnt hatten: Der andere Affe war vermutlich etwas unvorsichtiger mit dem vermeintlichen Seil umgegangen, und der erschrockene Löwe musste die Tiere mit seinem fürchterlichen Brüllen bis ins Mark erschüttert haben.

Und wer weiß, was damals noch geschehen war.

Aber nun schnurrte der alte Löwe sanft unter dem Sternenhimmel. Der kleine Affe, noch stocksteif vor Angst, betrachtete ihn vorsichtig. Und da erst fiel ihm auf, dass ein Löwe bei der Versammlung gefehlt hatte. Er nahm all seinen Mut zusammen und fragte leise: »Löwe? Warum bist du nicht unten im Rund der Tiere?«

Der Löwe schlug die Augen auf, betrachtete das kleine Geschöpf im Licht der Sterne und raunte ihm mit kehliger Stimme zu: »Dorthin gehen wir Löwen schon lange nicht mehr.«

Da erinnerte sich das Äffchen an jene Geschichten, die ihm früher vom königlichen, sanftmütigen Löwen erzählt worden waren: Eines Tages sei er im Verlauf einer Konferenz schlagartig verrückt geworden und daraufhin grollend durch die Wälder gezogen. Dort hätte er auf ungeahnt zerstörerische Art gewütet. Die Angst vor dem Löwen hatte die Welt daraufhin lange Zeit in Atem gehalten.

Doch nun betrachtete das Äffchen den alten Löwen, wie er dort im Licht der Sterne vor ihm lag und ihn mit seinen majestätischen Augen ruhig anblickte.

»Du müsstest doch zwischen all den anderen Tieren sein und deine Gattung vertreten«, das Äffchen ließ nicht locker, »wieso tust du das nicht?«

Da blitzte ein Funken Hoffnung auf in den matten Augen des Löwen. »Ich bin nicht da unten«, raunte er, »weil ich es nicht mehr ausgehalten habe.« Prüfend betrachtete er den jungen Affen und fügte hinzu: »Ihr habt mich zum König gemacht, obwohl ich kein König bin.«

Und der Löwe lüftete den Schleier des Vergessens und begann, dem kleinen Affen zu erzählen: »Vor langer Zeit sprach ich, wie alle anderen im Kreis, von den Belangen meiner Artgenossen. Ich berichtete davon, was wir Löwen brauchen und wo wir unseren Platz in der Welt sehen, und ich sagte das, wie es sich für die größte Raubkatze der Erde gehört, mit der gebotenen Würde und allem Nachdruck. Auch die anderen Tiere vertraten, wie heute, ihre Ansichten. Jede Gattung hatte andere Bedürfnisse, andere Qualitäten und andere Forderungen, und vieles stand sich unvereinbar gegenüber. Die unterschiedlichen

Meinungen prallten aufeinander, und dabei entstand ein ziemliches Chaos.

Ich lauschte den Tieren und machte dabei Herz und Ohren weit auf, während ich meine Aufmerksamkeit der Mitte des Kreises schenkte.« Der Löwe schaute das Äffchen an: »Weißt du, was dort entsteht?« Das Äffchen schüttelte seinen Kopf. »Die Lösungen«, schnurrte der Löwe, und nach einem kurzen Moment der Stille fuhr er fort: »Immer, wenn ich an der Reihe war, sagte ich, welche Antwort ich in der Mitte unseres Kreises gesehen und gespürt hatte. Und die Tiere gewöhnten es sich bald an, darauf zu warten, dass ich wieder sprach. Sie bewunderten mich und machten mich zu ihrem König.«

Der Löwe wurde unruhig. »Aber weißt du«, brummte er, »das, was in der Mitte des Kreises entsteht, möchte von allen Seiten wahrgenommen und betrachtet werden, nicht nur aus einer Perspektive. Denn erst dann entfaltet es seine wahre Kraft.«

Der Löwe richtete sich auf. »Und so bat ich die Tiere, ihre Ohren und Herzen ebenfalls zu öffnen, um in unserer Mitte nach Lösungen Ausschau zu halten.« Das Äffchen blickte hinauf zum weisen Löwen, der nun in voller Größe vor ihm saß. »Die Tiere lauschten mir andächtig, taten aber nicht, was ich gesagt hatte, sondern blickten stattdessen nur auf mich, ihren weisen König.« Der Löwe schlich nun nervös um das Äffchen herum. »Doch ich bin kein König«, grollte er, »ich bin ein Tier wie jedes andere und wollte einer unter vielen sein. Bald hielt ich es nicht mehr aus und floh in die Wälder, wo sich meine aufgestaute Traurigkeit in einer unbändigen Wut entfesselte.« Der Blick des Löwen verdunkelte sich, und er legte sich wieder auf seinen Platz. »Nun bin ich zurückgekehrt und höre von hier oben zu«, raunte er. »Ich warte still darauf, dass die Tiere aus sich selbst heraus die Kraft aus der Mitte des Kreises wiederentdecken. Erst wenn das geschieht, kann ich in die Runde zurückkehren.«

Der Löwe schloss die Augen, und auch der kleine Affe wurde ganz still. Er dachte nach. Dann flüsterte er dem Löwen zu: »Ich werde deine Geschichte morgen den Tieren erzählen.« Der Löwe flüsterte dem Affen noch etwas zu, nahm einen tiefen Atemzug und wurde dann ganz ruhig. Das Äffchen überwand seine Furcht, legte sich zu ihm, und beide schliefen ein.

Bald wachte das Äffchen wieder auf und kletterte im Schutz der Nacht in den Krater zurück. Am

nächsten Morgen wurden die Debatten unerbittlich weitergeführt, und als der kleine Affe an der Reihe war, erzählte er den Tieren, was er vom Löwen erfahren hatte. Da herrschte das erste Mal seit langer Zeit Ruhe im Rund. Alle Ohren lauschten aufmerksam, und als der kleine Affe seine Rede beendet hatte, richteten sich für einen Moment alle Augen auf die Mitte des Kreises. Genau in diesem Augenblick verschwand das Seil, der Löwenschwanz, aus dem Krater.

Da ging ein Raunen durch die Menge. Das Äffchen aber berichtete den Tieren weiter, was der Löwe ihm anvertraut hatte.

»Ich werde mich in die Steppe zurückziehen«, hatte der Löwe ihm in der Nacht noch gesagt und ihn dabei angeschaut wie einen alten Freund. »In der Einsamkeit werde ich warten, und am Gleichgewicht der Welt werde ich erkennen, wann meine Zeit gekommen ist, um wieder in den Kreis der Tiere zurückzukehren.«

Mit diesen Worten des Löwen schloss das Äffchen. Kurz darauf wurde mancherorts wieder wild und in rauem Ton gestritten, denn viele Tiere waren noch weit von der Weisheit des Löwen entfernt. Und doch hatte an diesem Tag eine wesentliche Entwicklung eingesetzt.

Seine Welt zu kennen,
unvereinbar,
widersprüchlich
und doch in ihr zu leben

IM GEFIEDER DES KOLIBRIS:
VERSCHIEDENE WELTEN

Der Pinguin

Der Kaiserpinguin war tief im ewigen Eis der Antarktis zur Welt gekommen, sein junges Leben war gezeichnet von Kälte und Entbehrung. In der Obhut seiner Kolonie hatte er vor Tagen nun die quälend lange, beschwerliche Reise vom Brutplatz zum Ufer des Polarmeeres angetreten. Mit seinen starren Knien und kurzen Füßen mühte er sich sehr ab und litt unter seiner holprigen Gangart. Die alten Pinguine aber sagten zu ihm: »Warte nur, warte nur, bis wir dort sind.«

Nicht weit entfernt schaute ein Husky mit seinen wachsamen Augen über die Landschaft, und als er die Pinguinkolonne bemerkte, amüsierte er sich. Wie tollpatschig diese Vögel sich durch den Schnee bewegten! Wie ungeschickt sie durch die weite Eiswüste watschelten! Lustig sah das aus. Er lief über das Eis zu der Forscherin, zu der er gehörte, wedelte um sie herum, um ihre Aufmerksamkeit zu erlangen, und führte sie schließlich zu der Stelle, von der aus er die Pinguine gesehen hatte.

Die Forscherin lobte ihn für seine Entdeckung, und während sie nun ihre Aufzeichnungen und Zählungen machte, tollte der Hund ausgelassen im Schnee umher. Dann folgten die beiden den Pinguinen in gebührendem Abstand, um sie nicht zu stören. Dabei sagte die Forscherin immer wieder voller Vorfreude zu ihrem Hund »Du wirst es sehen – morgen, da wirst du es sehen!«

Der junge Pinguin, der inmitten der Kolonne seine tapsigen Schritte tat, bemerkte die beiden Gestalten. Und als er den Hund sah, war er vollkommen fasziniert davon, wie geschickt dieser sich im Gelände bewegen konnte. »Ach, hätte ich doch nur auch solche Pfoten, mit denen ich leichtfüßig und geschwind über den Schnee laufen könnte, und so ein schönes Fell.« Er konnte sich gar nicht sattsehen an diesem fantastischen vierbeinigen Geschöpf. »Ach, wäre ich nur auch so flink und wendig! Am liebsten würde ich mir sofort solche Beine wachsen lassen!«

Der Pinguin blickte an diesem Tag oft bewundernd und sehnsuchtsvoll zu dem Husky hinüber und wünschte sich, ein anderer zu sein.

Am Abend schlug die Forscherin ihre Zelte auf, entzündete ein Feuer, um sich etwas zu essen zu bereiten, und der Husky genoss die Wärme der Glut. Er dachte noch immer an die tölpelhaften, eigenartigen Tiere, die da so unbeholfen durch die Landschaft stolperten. Und als hätte die Forscherin seine Gedan-

ken gelesen, sagte sie noch einmal zu ihm: »Du wirst schon sehen, morgen – da wirst du es sehen!« Und im gleichen Moment fiel eine Sternschnuppe vom Himmel. Sie war in der hellen Nacht kaum zu sehen, denn die Sonne blieb zu dieser Jahreszeit stets über dem Horizont. Zur selben Stunde ruhten sich auch die Pinguine aus. Dicht gedrängt standen sie da, um sich aneinander zu wärmen, doch wirklich schlafen konnten sie kaum. Der kleine Pinguin war erschöpft und betrübt darüber, wie beschwerlich und entbehrungsreich sein junges Leben war. Die alten Pinguine um ihn herum bemerkten dies. »Warte nur, warte, bis wir dort sind!«, flüsterten sie ihm aufmunternd zu, wie sie es immer taten, und die warmen, vertrauten Worte gaben ihm etwas Halt.

Die Forscherin wusste aus langjähriger Beobachtung, wo sie die Pinguine wiederfinden konnte. So stieß sie mit ihrem Husky am nächsten Morgen wieder zu der Kolonie und folgte ihr unbemerkt.

Am Nachmittag war es dann endlich soweit. Die Reise der Pinguine durch das ewige Weiß war zu Ende. Sie erreichten die Eiskante, die tief ins Meer abfiel. »Jetzt sind wir da«, sagten die alten Pinguine und sprangen beherzt in den Ozean, doch die Jungen zögerten. Was war das für ein eigenartiges Element dort unten?

Trotzdem sprang einer nach dem anderen hinunter, und auch der junge Pinguin wagte schließlich den Sprung ins kalte Wasser. Noch während er fiel, war es ihm, als keimte eine uralte Erinnerung in ihm auf.

Das Wasser empfing ihn, sprudelte wild um ihn herum und versetzte ihn in einen Zustand der Schwerelosigkeit. Plötzlich bewegte er sich so wendig, wie er es sich in seinen kühnsten Träumen nicht vorzustellen gewagt hätte. Mit ungeahnter Leichtigkeit schoss er in jede Richtung, die er sich wünschte. Dann sprang er freudetrunken aus dem Wasser heraus aufs Eis, um kurz darauf wieder in das schaumige

Nass einzutauchen. Der kleine Pinguin war wie ausgewechselt. Da erblickte er bei einem seiner Sprünge für einen Augenblick den stattlichen Husky, der, ausgeschlossen von diesem herrlichen Spiel, mit der Forscherin an der Eiskante stand und ihn ehrfurchtsvoll anstarrte.

Die Forscherin liebte den Anblick der Pinguine, wenn sie ihr Ziel erreicht hatten und ganz in ihrem Element waren. Sie wandte sich ihrem Hund zu: »Na, siehst du?« Der Husky blickte gebannt auf die schwimmenden Künstler im Wasser – und traute von diesem Tag an jedem Wesen die unglaublichste Verwandlung zu.

In der Weite
vertrauen
und wenn es soweit ist,
ankommen

IM GEFIEDER DES KOLIBRIS:
VERTRAUEN

Warum es Erdbeeren gibt

Am Anfang der Welt war alles schon da: Die Sterne, die Sonne und der Mond. Es gab die frische Luft, das sprudelnde Wasser, die warme Erde, das helle Feuer, den blauen Himmel und die grünen Wälder. Und es gab auch schon Mann und Frau.

Als die beiden sich kennenlernten, nahmen sie sich Zeit, sich einander anzunähern. Nach und nach wurden sie sich vertrauter. Sie erlebten die sonnigen Stunden der Freude miteinander und die Sternenstunden der Liebe. Sie wollten ihr Leben miteinander teilen und bauten sich ein Hüttchen, nahe eines kleinen Flusses. Darin gab es eine Feuerstelle und weiche Decken, und alles war so, wie es sein sollte.

So lebten sie viele Tage und Nächte. Doch dann begegnete ihnen der größte Feind der Liebe, er beginnt mit dem Buchstaben »A« und es gibt ihn seit dem Anfang der Welt.

Es war der Alltag, der ihnen dazwischenkam. Damals haben sich Mann und Frau vielleicht darüber gestritten, wie das Feuerholz gestapelt werden sollte, wer das Wasser holen oder wer wann jagen gehen müsste. Und vermutlich haben sie sich auch darüber gestritten, wer sauber machen sollte.

Eines Tages geriet das Paar so heftig in Streit, dass die wütende Frau mit einem lauten Knall die Tür der Hütte hinter sich zuwarf und schnurstracks durch den Wald davonzischte. Ihr Zorn war so gewaltig, dass die Pflanzen ihr aus dem Weg sprangen! Ja, während sie in den dichten Wald hineinschritt, wichen die Blätter erschrocken aus und schnellten erst nach einiger Zeit wieder hinter ihr zurück. So war die Frau bald tief im Wald verschwunden.

Erst wusste der Mann nicht, wie ihm geschah. Dann legte sich eine eigenartige Ruhe über ihn. »Eigentlich ganz gut«, dachte er, und Erleichterung machte sich in ihm breit. Und so atmete er erst einmal tief durch.

Er setzte sich vor die Hütte ins Grün und lauschte eine Weile den Geräuschen der Wildnis. Das gefiel ihm. Doch nach einiger Zeit kam ihm die Stille eigenartig vor, und als er die Tür der Hütte öffnete und hineinschaute, wirkte sie ohne die Frau seltsam leer.

Da erinnerte er sich an ihre erste gemeinsame Zeit. Er dachte daran, wie sie sich kennengelernt

hatten und an all die zauberhaften Stunden, die sie gemeinsam verbracht hatten. Und schließlich fragte er sich: »Wie kann es sein, dass uns der Alltag so etwas Schönes wie die Liebe stehlen konnte?« Und im Laufe seiner Überlegungen wurde seine Sehnsucht immer größer und war bald ebenso mächtig wie die

Wut der Frau. Und er fasste einen Entschluss: Er würde sie zurückholen!

Doch eine Frau, die so zornig war, dass ihr die Pflanzen des Waldes aus dem Weg sprangen, konnte niemals eingeholt werden. Schon gar nicht, wenn sie bereits einen halben Tag Vorsprung hatte. Der Mann war chancenlos!

Also rief er verzweifelt hinauf in den Himmel: »Große Gottheit, meine Frau ist mir davongelaufen! Bitte tu irgendetwas, damit sie stehen bleibt und ich sie einholen kann!«

Vom Himmel aus sah die Gottheit das Szenario, das sich im Wald abspielte. Sie sah die wütende Frau, die noch immer energisch durch das Dickicht pirschte, und sah den Mann bei der verlassenen Hütte, der anfing, sich mühsam durch das dichte Gestrüpp Richtung Frau durchzukämpfen.

Da hatte die Gottheit eine Idee und erschuf dunkelrote Brombeeren genau an den Hecken, durch die sich die wütende Frau ihren Weg bahnte. Und die Früchte leuchteten um die Wette, um ihre Aufmerksamkeit zu erlangen.

Doch die zornige Frau blickte stur auf den Boden und sah die Beeren nicht.

»Was nun?«, dachte die Gottheit. Der Mann war viel zu langsam. Er würde seine Frau niemals einholen. »Jetzt hab ich's!«, rief die Gottheit aus und erschuf die ersten Himbeeren der Welt. Die Beeren leuchteten in kräftigem, hellem Rot und versprachen himmlische Süße. Doch die Frau sah auch die Himbeeren dicht neben sich nicht, denn sie schaute immer noch starr auf den Boden und schritt unbeirrt weiter.

Da fiel der Gottheit endlich ein, was sie tun musste, und sie erschuf die Erdbeeren. Sie wuchsen auf dem Boden, damit die wütende Frau sie sehen musste. Und tatsächlich: Die Frau bemerkte die leuchtenden Früchte und bückte sich neugierig, um sie zu pflücken. Als die erste Erdbeere der Welt im Mund der Frau zerging, breitete sich das Aroma dieser magischen Beere aus. Einfach umwerfend! Die Frau pflückte eine weitere Erdbeere, und die schmeckte ebenso himmlisch. So aß sie eine Erdbeere nach der anderen und konnte ihr Glück kaum fassen. Sie setzte sich und dachte nach, woran sie diese herrliche Süße erinnerte, und nach einiger Zeit wusste sie es: Diese Beeren schmeckten traumhaft wie die Liebe. Sie schmeckten wie die ersten Tage und die ersten Nächte eines Liebespaares.

So dachte sie an ihren Mann, ihre Hütte, ihre gemeinsamen Momente am Fluss, aß eine Erdbeere nach der anderen und wurde dabei ganz milde. Ihre Wut verflog, und bald fragte sie sich: »Wie konnten wir im Alltag nur all die Süße und den Zauber der Liebe vergessen?«

Sie stand auf, und da fand sie die Himbeeren. Lächelnd aß sie von den hellroten Früchten. Und als sie zuletzt auch die Brombeeren entdeckt und gekostet hatte, war ihre Wut gänzlich verflogen und ihr Entschluss gefasst: Sie musste ihrem Mann etwas von diesen himmlischen Früchten bringen. Und so sammelte sie fröhlich Beeren und machte sich damit auf den Rückweg.

Die Gottheit betrachtete nun zufrieden, wie die beiden durch den dichten Wald aufeinander zuliefen und sich bald darauf mitten im Urwald trafen. Dort aßen sie genüsslich die herrlichen Früchte und entdeckten so ihre Liebe wieder.

Die Süße der Früchte
findet sich
bei dir, bei mir,
bei uns – immerzu

IM GEFIEDER DES KOLIBRIS:
DIE OFFENHEIT DER HERZEN

Die Wette

Der junge und der alte Mann waren gute Freunde. Am Morgen verließen sie ihre Hütten und gingen gemeinsam den Waldweg hinauf, um das Holz für den Winter zu schlagen. Ein schwerer Arbeitstag lag vor ihnen. Beim Aufstieg in den Wald hatte der Junge eine Idee. Spitzbübisch schaute er seinen alten Freund von der Seite an: »Wie wäre es mit einem Wettbewerb? Wer von uns beiden mehr Holz machen kann, hat gewonnen.«

Die Lachfalten des Alten kräuselten sich, und der Mund formte sich zu einem kleinen Lächeln: »Da könntest du aber auch verlieren, mein Freund!«

Der Junge grinste zurück. »Das werden wir sehen.«

Und so war die Wette beschlossen.

Der Junge legte sich ordentlich ins Zeug. Er schlug und hackte und schleppte. Nach einigen Stunden schaute er schwitzend zu dem Alten hinüber.

Aber was war das? Der Alte saß geruhsam auf einem Baumstumpf und schaute verträumt in den Himmel hinauf.

Der Junge ließ sich davon nicht ablenken und arbeitete kräftig und ausdauernd weiter. Schnaufend sah er nach einigen Stunden wieder zu dem Alten hinüber. Durch die vielen Baumstämme hindurch konnte er ihn zunächst nicht entdecken, doch schließlich sah er ihn auf einem anderen Baumstumpf sitzen, auf dem er sich genüsslich eine Pfeife stopfte.

Kopfschüttelnd machte sich der Junge wieder ans Werk und arbeitete genauso hart wie zuvor. Die schwere Arbeit war kräftezehrend, und als er nach einiger Zeit ein drittes Mal hinübersah, saß der Alte abermals auf einem Baumstumpf und aß in aller Ruhe ein paar getrocknete Beeren, die er von zu Hause mitgebracht hatte. Der Junge war sich sicher: Er würde die Wette gewinnen, denn er hatte schon einen beachtlichen Stoß Holz vorzuweisen.

Doch weit gefehlt! Am Ende hatte der Alte einen noch viel größeren Holzstapel zustande gebracht. Der Junge betrachtete die riesige Menge Holz, die der Alte an diesem Tag geschafft hatte, und schüttelte ungläubig den Kopf. »Wie konntest du so viel Holz schlagen?« Er schaute seinen Freund skeptisch an. »Immer, wenn ich zu dir hinübergeschaut habe, hast du entweder in den Himmel geguckt, Pfeife geraucht oder Beeren geknabbert.«

Da antwortete der Alte seelenruhig: »Ja. Ich habe nicht mehr so viel Kraft wie du, deswegen brauche ich ab und zu eine Pause.« Wieder schmunzelte er so, dass sich die vielen Lachfältchen in seinem Gesicht kräuselten: »Aber weißt du, was ich am Ende meiner Pause mache?« Seine Augen blitzten schelmisch, als er genüsslich die Worte aussprach: »Ich schleife meine Axt, bis sie wieder so scharf ist wie zu Beginn meiner Arbeit.«

Daraufhin lachten die beiden und erzählten noch oft von diesem Tag. Als der junge Mann selbst alt geworden war, dachte er besonders oft an seine damalige Wette – und dann kräuselten sich die Lachfalten um seinen Mund.

Fröhlich finde ich
die Weite
in der Freundschaft
meiner Zeit

IM GEFIEDER DES KOLIBRIS:
KAMPFGEIST

Der Krieger

Der schmale Pfad, dem die Frau folgte, führte durch Grasland zu einem steilen Abgrund und verlief dort eine Weile an der Felskante entlang.

Dahinter lag das weite Land. Die flirrende Hitze war drückend, die Gräser trocken und die Sonne brannte auf ihren hellen Schultern.

Da kam ihr ein Krieger entgegen. Sein Gesicht war bemalt, und sein Speer blitzte in der Sonne. Sie ahnte nichts Gutes, während sie weiter voran auf ihn zuging. Unweigerlich würden sie sich begegnen, seine Gestalt war immer deutlicher zu erkennen. Es dauerte nicht lange, und sie standen sich gegenüber. Der Krieger stellte sich bedrohlich vor ihr auf und hielt den Speer mit festem Griff.

Dann tauchten wie aus dem Nichts neben ihm weitere Krieger auf. Wild und gefährlich, aber seltsam fahl stellten sie sich um ihn herum und wirkten, als wären sie nicht von dieser Welt. Sie murrten ungeduldig und scharrten mit ihren Füßen. Und jeder von ihnen hatte ebenfalls einen glänzenden Speer in den Hand.

Der Krieger in ihrer Mitte aber deutete über den Abgrund, und der Blick der Frau folgte seiner Handbewegung über das weite Land. »Dort sind sie gestorben. Hunderte und Tausende meines Volkes.«

Da sah sie in der Ferne das Grauenvolle, das einst geschehen war, und wusste, dass es ihre Vorfahren waren, die das Unheil angerichtet hatten. Sie spürte die Trauer um die Toten und den Schmerz über das Geschehene.

»Das ist deine Schuld!« Sie hörte die vorwurfsvolle Stimme des Kriegers, und ein Schauer überkam sie. Ihre Gedanken überschlugen sich. Sie hatte das Unheil doch nicht selbst verursacht, dachte sie trotzig, aber irgendetwas in ihr gab dem Vorwurf des Kriegers recht. Sie war aufgewühlt und ratlos.

Da erst bemerkte sie den Speer in ihrer Hand. Woher war er gekommen? Wer hatte ihn ihr in die Hand gegeben? Und wofür? Sollte sie kämpfen? Allein gegen die Krieger? Das würde doch überhaupt keinen Sinn ergeben!

Sie wusste nicht, was sie tun sollte. Da fiel ihr plötzlich etwas ein, das wie aus einer anderen Welt zu kommen schien: Eine Stockübung, die sie einmal gemacht hatte. Und da sie in ihrer Hilflosigkeit keine bessere Idee hatte, führte sie diese Übung aus:

Sie drückte den Speer wie einen Stock fest in den Boden, die Spitze zeigte in den Himmel. Das gab ihr selbst Halt und Zentrierung. Dann schloss sie die Augen und begann, in sich hineinzuspüren. So fühlte sie ihre Wut. Sie fühlte ihre Scham, und sie fühlte ihre Trauer. Und das verschaffte ihr Raum. Bewegungslos, mit dem Speer vor dem Körper, beschloss sie: »Ich werde so stehen bleiben und alles ertragen, was auch geschieht.« So fand sie Ruhe, und als sie den Blick hob, sah sie dem Krieger direkt ins Gesicht.

Und in seinen Augen erkannte sie ihren Bruder.

Da lösten die gespenstischen Gestalten rund um den Krieger ihre Speere von der Erde und stellten sich in einer endlosen Reihe hinter ihm auf: Großvater, Urgroßvater, Ururgroßvater und alle, die jemals vor ihm gelebt hatten.

Im gleichen Moment spürte sie eine schmerzhafte Leere hinter ihrem eigenen Rücken, es war nahezu unerträglich.

Der Krieger aber blickte in ihre Augen und erkannte in ihr seine Schwester.

Und da traten sie hervor aus dem Nichts: ihre Großmutter, Urgroßmutter, Ururgroßmutter und alle, die jemals vor ihr gelebt hatten. Sie stellten sich, eine nach der anderen, in einer langen Reihe hinter ihr auf.

Und als sie sich nun so gegenüberstanden – jeweils mit der endlosen Reihe ihrer Vorfahren hinter sich, erkannten sie, dass sie es waren, die hier und heute lebten. Und sie standen sich noch immer gegenüber, als ihnen bewusst wurde, dass sie auch diejenigen waren, die hier und heute entschieden, was geschah.

Sie lösten die Blicke voneinander, standen noch eine Weile schweigend beisammen und schauten gemeinsam über das Land. Später sammelten sie Holz und verbrachten die Nacht redend und lachend am

knisternden Feuer. Sie erzählten sich ihre Geschichten und sangen gemeinsam all die Lieder, die ihnen Wärme schenkten, bevor sie am nächsten Morgen ihren Weg fortsetzten.

Zeige dich
in den verschiedensten Gestalten
und tu dein Werk,
ohne zu zaudern

IM GEFIEDER DES KOLIBRIS:
DIE WÄRME DES FEUERS

Der schwarze und der weiße Wolf

Der Großvater und die Enkelin saßen am Feuer. Es war eine pechschwarze Nacht, das Feuer knisterte, und die Flammen schlugen in den Himmel. Das Mädchen freute sich an der Wärme des Feuers, und der Großvater legte noch einen Scheit Holz hinein. Sie schauten in die Flammen und betrachteten ihren hellen Schein gegen den schwarzen Rauch.

Da sprach der Großvater: »Ich werde dir eine Geschichte erzählen, die mir schon mein Großvater und meine Großmutter erzählt haben und die alle aus unserer Familie in ihren Herzen bewahren. Es ist die Geschichte vom schwarzen und vom weißen Wolf.«

Sogleich meinte das Mädchen, im flackernden Licht des Feuers und im Schatten der Nacht die Gestalten der beiden Wölfe zu erkennen.

»Wie die Dunkelheit der Nacht und die Flammen des Feuers in unseren Herzen wohnen, so wohnen darin auch der schwarze und der weiße Wolf«, begann der Großvater. »Der schwarze Wolf steht für Macht,

Wut und Traurigkeit, für all das, was in uns schwer und dunkel ist, und der weiße Wolf steht für Freude, Freundschaft, Liebe und alles, was in uns licht und hell ist wie die Flammen.«

Die Enkelin sah, wie die beiden Rivalen im Feuer miteinander rangen. Ihr Kampf schien endlos.

Da fragte sie in die dunkle Nacht hinein: »Welcher dieser beiden Wölfe wird gewinnen?«

Das Feuer knisterte, und der Großvater antwortete: »Der, den du fütterst.«

Lange beobachtete nun das Mädchen, wie die Flammen mit der Dunkelheit kämpften. Da erhob der Großvater noch einmal seine Stimme: »Im Grunde geht es darum, die Wölfe im Gleichgewicht zu halten. Denn bedenke: Wenn du nur den weißen Wolf fütterst, so musst du immer gut achtgeben, denn der schwarze Wolf wird sich in dessen Schatten aufhalten und nur darauf warten, dass du einmal nicht hinschaust. Und dann wird er sich abgemagert und hungrig aus dem Schatten heraus auf den weißen Wolf stürzen.« Die Flammen des Feuers flackerten wild.

»Nein, auch der schwarze Wolf möchte gesehen und gefüttert werden«, fuhr der Großvater fort, »denn nur wenn der schwarze und der weiße Wolf in gleichem Maße genährt sind, wirst du in dir Frieden finden. Nur dann wirst du die innere Stimme der Weisheit hören.«

Das Mädchen lehnte sich an seine Schulter, und die alte, vertraute Stimme klang in ihren Ohren nach: »Es wird in deinem Leben viele dunkle und helle Tage geben, und es ist gut, wenn du gelernt hast, beiden Wölfen Raum zu geben.«

In dieser Nacht blieben die beiden noch lange am Feuer sitzen, bis die Müdigkeit das Mädchen übermannte und es im Arm des Großvaters einschlief.

Ein Traum
findet sich in dir oder mir.
Oder verschenkt er sich
einfach so?

IM GEFIEDER DES KOLIBRIS:
DER SCHLAF EINES MÄDCHENS

Der Wasserkrug

Die Mutter des Mädchens war todkrank und furchtbar durstig. Doch sie hatten kein Wasser mehr. Die Mutter litt so sehr, dass die Tochter in ihrer Not schließlich den Tonkrug nahm und damit durch die Gassen ging. Jede und jeden bat sie um ein wenig Wasser, obwohl sie wusste, dass es im ganzen Dorf keines mehr gab.

So lief sie aus dem Ort hinaus und suchte weiter, aber nirgends fand sie auch nur einen einzigen Tropfen. Der Brunnen war leer, das Flussbett ausgetrocknet, die Quelle versiegt. Es wurde immer später, die Sonne ging schon unter, und noch immer suchte das Mädchen verzweifelt nach Wasser. Der Durst war kaum zu ertragen, doch noch stärker wurde bald die Müdigkeit. Erschöpft legte sie sich in den Staub, stellte den Krug neben sich auf die Erde und schlief unter den Sternen ein. Die ganze Nacht träumte das Mädchen von einer Quelle, die den Krug füllte. Und während es träumte, da hörte, sah und fühlte es nichts als klares, sprudelndes, köstliches Wasser.

Am nächsten Morgen wachte die Tochter auf. Sie lag noch immer in der Einöde, und neben ihr stand noch immer der irdene Krug im Staub. Aber was für eine Freude! Der Krug war bis zum Rand gefüllt mit frischem Quellwasser! Als sie das entdeckte, nahm sie den Krug auf, um zu trinken, doch im selben Augenblick riss sie sich das Gefäß wieder von den Lippen. »Nein!«, rief sie aus, »ich muss das Wasser zuerst meiner Mutter bringen!« Und so lief sie mit dem Wasserkrug los, immer bedacht, keinen Tropfen davon zu verschütten.

Kurz bevor sie im Dorf ankam, wäre sie beinahe gestolpert. Vor ihr auf dem Boden lag ein magerer, verwahrloser kleiner Hund und schaute sie durstig an. Da konnte das Mädchen nicht anders, beugte sich hinunter und gab dem Hund Wasser.

Als das arme Tier getrunken hatte, wurde es sogleich lebendiger. Doch das Mädchen blickte sorgenvoll in den Krug. Ob noch genügend übrig wäre für die kranke Mutter? Zum großen Erstaunen des Kindes war der Krug noch genauso voll wie zuvor, doch war er nun nicht mehr aus Ton, sondern aus purem Silber.

Freudestrahlend tanzte das Mädchen mit dem silbernen Krug ins Dorf hinein. Dabei lief sie an zwei alten Menschen vorbei, die am Wegesrand saßen und so durstig waren, dass ihre Lippen spröde und rissig waren, und so gab das Mädchen auch ihnen vom Wasser. Dankbar sahen sie das Kind an. Und als sie getrunken hatten, war der Krug immer noch so voll wie zuvor. Aber jetzt war er nicht mehr silbern, nein, er war aus purem Gold! So einen schönen Krug hatte das Mädchen in seinem Leben noch nie gesehen, und es lief fröhlich mit dem goldenen Krug in die Hütte, in der die kranke Mutter lag.

Als diese die Tochter sah, richtete sie sich auf, nahm den golden leuchtenden Wasserkrug und trank erleichtert. Als sie dem Mädchen den Krug zurückgab, war er mit Edelsteinen besetzt und immer noch randvoll mit klarem Wasser. Da endlich trank auch das Mädchen. Und als es den Krug absetzte, sprudelte aus jedem Edelstein ein Quell frischen Wassers, der niemals wieder versiegen sollte.

Das Mädchen stellte den Krug vor die Hütte und von dort aus floss das Wasser in Bächen, die sich durch das Dorf und die karge Landschaft zogen und an deren Ufern es zu blühen begann. Als die Nacht hereinbrach, legte das Mädchen sich schlafen.

Und träumte wieder. Träumte, wie das Wasser ihres Kruges die ganze Erde begrünte, wie es die unterschiedlichsten Tiere tränkte und die Erde mit Leben füllte. Und dann träumte es, wie das Wasser hoch hinauf in den Sternenhimmel floss, in die endlose Weite des Kosmos.

Voller Liebe
findest du
die ganze Welt in dir,
träume sie weiter

IM GEFIEDER DES KOLIBRIS
DIE UNENDLICHKEIT

Mawu und die Regenbogenschlange

Am Anfang der Welt gab es nichts.

Absolut nichts.

Es gab keine Menschen, keine Tiere, kein Gras, keine Blumen, keinen Baum, keinen Berg, kein Tal. Es gab keine Erde, es gab keinen Himmel. Es gab keine Farben. Es gab weder Licht noch Schatten. Nicht vorstellbar. Aber es gab überhaupt nichts.

Allein den Schöpfergott Mawu gab es. Und Mawu schlief. Und während Mawu schlief, träumte es in ihm. Es erträumte sich in ihm die Welt in all ihren Farben.

Und als Mawu erwachte, nahm er das unvorstellbare Nichts und legte es vor sich aus wie einen riesigen Teig. Ganz flach wellte er das Nichts, rollte es zusammen und spielte planlos mit ihm. So entstand daraus eine Schlange. Voller Freude über sein Werk atmete er nun seinen unendlichen bunten Traum ein und pustete ihn in die Schlange hinein. Da erstrahlte die Schlange, lichtdurchflutet, in allen Far-

ben der Welt. Und so war sie geboren: die Regenbogenschlange.

Mawu und die Regenbogenschlange fingen nun gemeinsam an, die Welt zu erschaffen.

Mawu schuf die Berge: Er formte und baute, es war eine Wonne für ihn. Die Regenbogenschlange schlängelte sich in seine Berge hinein und bildete die

Windungen der Flusstäler. Und überall, wo sie den Boden berührte, folgte ihr: Wasser. So entstanden die Flüsse, und dort, wo sie geruht und sich zusammengerollt hatte, entstanden die Seen. Mawu und die Regenbogenschlange schufen den Himmel und die Erde, die Pflanzen, die Bäume, die Blüten und die Blätter. In ihrer Schaffensfreude sahen sie sich tief in die Augen, und daraufhin erfanden sie die Tiere: die Tiere der Lüfte, des Wassers und der Erde. Und nachdem sie sich ein weiteres Mal lange in die Augen geblickt hatten, formten sie die Menschen.

Schließlich hielten sie inne und betrachteten ihr Werk. Und sie staunten: Denn aus den Bäumen wurden mehr Bäume, und aus dem Pflanzen wurden mehr Pflanzen. Aus den Tieren wurden mehr Tiere. Ja, all das, was sie geschaffen hatten, vermehrte sich und erschuf sich aus sich selbst heraus wieder.

Und die Menschen fingen an, selbst Neues zu erschaffen. Sie entwickelten Werkzeuge. Sie bauten sich Hütte um Hütte und Dorf um Dorf.

Und auch aus den Menschen gingen immer mehr Menschen hervor, genau wie aus den Tieren und Pflanzen. Und die Welt wurde immer voller und voller. Mawu und die Regenbogenschlange waren sehr

zufrieden. Doch nach einiger Zeit fragten sie sich sorgenvoll: »Ob die riesige Erde sich selbst wohl auf Dauer tragen kann?«

Da blickten sie sich ein drittes Mal in die Augen, und das war ein magischer Moment der Schöpfung, denn er machte sie vollkommen. Die Regenbogenschlange wand sich dreitausendmal um die Welt herum, um sie tragen zu können, und dreht sich seitdem mit ihr in einem ewigen Kreislauf. Über ihr entspann sich der Sternenhimmel. Mawu reiste hinauf in den Himmel und wurde zum Mond. Von dort aus betrachtet er bis heute die Welt, die sich – in ihm – einst selbst erträumt hatte.

Von oben sieht er, wie die Erde geborgen im kräftigen Körper der Regenbogenschlange liegt.

Doch ab und an jagen ihn Zweifel, und er fragt sich, ob seine geliebte Regenbogenschlange die Erde ewig tragen kann. Und wenn ihn die Sorge um die Schlange, die die Farben der Welt in sich hält, zu sehr plagt, reist er zu ihr hinunter auf die Erde. In dieser Nacht ist er am Himmel verschwunden, die Menschen nennen es Neumond. Und was die Menschen »Regenbogen« nennen, ist nichts weiter als ein unendlich kleiner Teil der Regenbogenschlange. Manchmal, wenn sie sich räkelt, um es sich beim Tragen der Welt ein wenig besser einzurichten, dann sprechen die Menschen von einem Erdbeben.

Im Alten
und im Neuen
ist es zu finden,
das, was sich zeigen will

IM GEFIEDER DES KOLIBRIS:
DIE MAGIE DER ERDE

Wasser und Stein

Clara wanderte durch den Wald. An mächtigen Buchen vorbei ging sie abwärts auf einen sprudelnden Bach zu. Sein Ufer war an einer Stelle von einem Ahornbusch gesäumt, und weiter flussabwärts lugte ein dunkler Felsbrocken hervor. Clara musste das Bächlein hier durchschreiten, um ihren Weg fortsetzen zu können. Zum Glück lagen einige flache Steine im Wasser, über die sie trockenen Fußes hinüberkommen sollte. Um die Steine herum bildeten sich kleine Strudel. Das Wasser war kühl und klar. Es war ein magischer Ort, der zum Verweilen einlud, was offenbar häufig geschah, denn der Waldboden am Ufer des Baches war ausgetreten, und manche Wurzel war blank poliert.

Clara setzte sich an den Ahornbusch, zog ihre Schuhe aus und sog den Duft des Waldes ein. Die Sonnenstrahlen tanzten auf dem Waldboden, und ein leichter Wind ging durch die Blätter. So lauschte sie dem Rascheln der Blätter und dem Plätschern des Bächleins. Dabei kam sie ins Träumen, denn es

war ihr, als wollte das rauschende Wasser ihr etwas erzählen.

Plötzlich riss sie eine eigenartige Stimme aus ihren Gedanken, die anscheinend aus dem Ahornbusch kam und ihr ins Ohr sprach. »Das Wasser will dir etwas erzählen!« Erschrocken drehte sich Clara um. Sie entdeckte im Ahorn ein eigenartiges Blättergeschöpf, das entschlossen wirkte und ihr direkt ins Gesicht guckte.

Sonderbarerweise war sie in diesem Moment kein bisschen erstaunt, ein derart seltsames Wesen zu sehen, vielleicht ein wenig verärgert, weil der Wicht sie so erschreckt hatte. Und sie erwiderte: »Ja, du hast recht, ich hatte auch das Gefühl, das Wasser wolle mir etwas erzählen«.

Der Ahornblättergeist kletterte zu ihr herüber, schaute sie prüfend an und stellte daraufhin entschieden fest: »Du musst nur die Augen schließen und dem Wasser zuhören, dann wirst du seine Geschichte erfahren.« Daraufhin schloss Clara die Augen und lauschte. Und das Wasser begann zu erzählen. Es klang, als würden tausend Stimmen zugleich sprechen, jede ein wenig anders und doch in Harmonie: »Ja, ich erzähle die ganze Zeit Geschichten, Geschichten von jedem und allem. Zum Beispiel vom Igel.« Clara sah sofort einen Igel vor ihrem inneren Auge, der durch das Wasser tapste. »Es ist ein Igelweibchen, das nicht weiß, dass es bereits Igelkinder in seinem Bauch trägt. Es spürt nur, dass es dringend Blätter zusammensammeln muss, denn sein Nestbautrieb ist stark.« Das Wasser kicherte: »Und dabei

kommen seine Füßchen mit mir in Berührung und erzählen mir, wo es herkommt, wie es ihm geht und was es sich erträumt. Ich höre dabei auch die Wünsche heraus, von denen es selbst gar nichts weiß, die aber die Richtung seines Weges bestimmen.«

Das Wasser machte eine Pause, und das Bild des Igels verschwand wieder vor Claras innerem Auge. Dann sprach das Wasser vielstimmig weiter: »Wenn du nachher durch mich hindurchgehst, werden auch deine Füße erzählen, woher du kommst, welche Wünsche du hast und wohin dein Weg dich führt.«

Das Wasser rauschte eine Weile, ohne zu sprechen, und Clara fragte sich versonnen, was ihre Füße wohl erzählen würden. Bei diesem Gedanken kicherte das Wasser wieder vergnügt und fuhr fort: »Ich sammle unentwegt Geschichten von allen Wesen, die mich berühren, und wenn ich diese Geschichten dann erzähle, hörst du manchmal ein Plätschern.« Das Wasser gurgelte. »In diesem Bächlein fließen bereits zahllose Geschichten ... und wenn sie später in einen größeren Bach hineinfließen, werden sie auf die anderen Geschichten treffen, die ebenso unablässig erzählt werden, bis sie in einen See münden, in dem sie mit Geschichten aus den Bergen zusammentreffen. Und wenn sie schließlich in großen Flüssen durch die Städte fließen, begegnen sie auch dort Geschichten – von Straßen und Häusern, von Liebespaaren, die am Ufer spazieren gehen, von den Tauben, die ihren Durst stillen, und auch von dem Müll, der in allen Gewässern landet. Alles wird erzählt, ohne darauf zu achten, ob es besonders schön oder besonders hässlich ist, bis die Ströme noch größer werden und schließlich die Meere erreichen. Dort treffen sich alle Geschichten von überall her, aus allen Kontinenten, und erzählen von allen Wesen der Erde. Vielleicht findet ihr Menschen ja auch deswegen das Meer so überaus faszinierend.«

Clara hörte eine Zeit lang nur Rauschen und Gurgeln. Fast meinte sie, das Wasser hätte aufgehört zu erzählen, als seine Stimme plötzlich wieder zu hören

war: »Die Sonne strahlt stark und feurig über dem Meer. Ihre Hitze zieht einen Teil von mir nach oben. Meine Tröpfchen fliegen hoch hinauf und mit ihnen die Geschichten, die ich gesammelt habe. Sie fliegen durch die Luft und ziehen schließlich als Wolken über die Welt hinweg. Auch diese Wolken betrachtet ihr Menschen oft verträumt, wenn ihr Zeit dazu findet.«

Ja, Clara liebte es, in die Wolken zu sehen. »Doch irgendwann«, fuhr das Wasser fort, »komme ich als Regen wieder zurück auf die Erde. Und Tropfen für Tropfen sickern auch all die Geschichten in die Erde hinein, die ich aufgelesen habe.«

Clara fühlte die Ruhe der Erde.

»Dort unten in der Stille lauscht die Erde selbst den Geschichten«, sprudelte das Wasser weiter, »und erst, wenn sie jede einzelne Geschichte gehört hat, gibt sie mich mit einem Schwung wieder frei.«

Die Stimme des Wassers wurde hell und klar wie Silber: »Dieser Schwung bewirkt, dass sich die Erde dreht.« Kaum hatte das Wasser ihr sein Geheimnis verraten, wurde es quicklebendig und kicherte: »Erst wenn ich mit diesem Schwung wieder freigegeben werde, komme ich als reines, frisches Quellwasser wieder heraus, um neue Geschichten zu sammeln. So ist das schon seit Millionen und Milliarden von Jahren. Deswegen weiß die Erde so viel über die Wesen, die auf ihr wandeln, und ist ihnen zutiefst verbunden.«

Clara lauschte noch immer mit geschlossenen Augen und hörte dem Gurgeln und Plätschern des Bächleins zu. So merkte sie gar nicht, wie die Zeit

verstrich. Sie streckte sich ein wenig, blinzelte in die Sonne und betrachtete diesen magischen Ort.

Erst da entdeckte sie den dunklen Felsbrocken, der zwischen dem Farn ganz nah am Ufer lag. Der Stein war ihr nicht geheuer.

»Du siehst ihn, nicht wahr?«, meinte das Ahornwesen und blickte sie durchdringend an. »Dieser Fels hat auch etwas zu erzählen!«

Clara schaute zu dem dunklen Stein, und skeptisch fragte sie den Blattgeist: »Was hat er denn zu erzählen?«

Da löste sich das Blättergeschöpf vom Ahorn, kletterte auf den Boden, drehte sich um und winkte ihr zu: »Folge mir, ich werde es dir zeigen.« Und damit stieg er die Anhöhe hinauf und setzte sich unter die hohen Buchen abseits des Weges.

Clara folgte ihm und nahm neben ihm Platz. Von dort oben hatte man eine gute Sicht auf den Bach, vor allem aber war der große finstere Stein von hier aus gut zu sehen.

Der Ahorngeist sagte: »Wir werden jetzt ein wenig mit der Zeit spielen.« Und schon begann etwas sehr Eigenartiges. Die Zeit lief wie in einem Zeitraffer an Clara vorbei. Sie sah, wie die Jahre innerhalb von Minuten vergingen und sich ständig alles verwandelte. Staunend beobachtete Clara, wie die Bäume ihre Blätter bekamen und wieder verloren, wie sie wuchsen und vergingen, sich neigten, mit den Stürmen kämpften, mit den Jahreszeiten wogten – immer und immer wieder.

Und dann sah sie, wie am Ufer des Bächleins ein Ahornbaum zu wachsen begann. Man sah ihm schon in jungen Jahren an, was für ein prächtiger wunderbarer Baum er werden würde. Der Ahornbaum wurde größer und größer, und seine ungewöhnliche Schönheit zog Claras ganze Aufmerksamkeit auf sich.

Bald darauf sah sie Menschen im Wald. Dabei musste der Ahorngeist die Zeit auf sonderbare Weise zurückgedreht haben, ohne dass es ihr aufgefallen war. Denn die Menschen, die sie beobachten konnte, trugen altertümliche Kleider. Es waren Bauern. Sie trafen sich unter dem kräftigen Ahornbaum. Und da sah Clara es: Der Felsbrocken, der da unweit des Baumes am Ufer lag, war zu der Zeit nicht finster, sondern hell und strahlend und ebenso prächtig anzuschauen wie der Ahorn.

Im Zeitraffer sah Clara, dass der Platz über Jahre hinweg gut besucht wurde. Ahornbaum und Stein wurden manchmal festlich geschmückt. Es kamen Männer, Frauen, Kinder und Paare, auch die Menschen schienen zu spüren, was für ein besonderer Platz hier entstanden war. Es vergingen viele Sommer und Winter, und der mächtige Ahornbaum wurde älter, prächtiger und würdevoller. Doch eigenartigerweise bekam der Platz rund um den Baum mit der Zeit immer weniger Besuch.

Und dann passierte es. Ein Mann betrat den Wald. Es war ein Mann, der eine befremdliche Kühle ausstrahlte. Der ganze Wald schien vor ihm zu erschaudern.

»Dieser Mann macht mir Angst«, flüsterte Clara dem Blättergeist zu. »Den Blick, den er über die Bäume wirft, spüre ich wie eine schneidende Kälte.«

»Du hast recht«, flüsterte das Ahornwesen zurück, »denn dieser Mann sieht in diesem Wald nichts anderes als Holz. Holz, das er verkaufen kann, denn er hat als Geschäftsmann den ganzen Wald in seinen Besitz genommen.«

Als der Mann den prächtigen Ahornbaum erblickte, freute er sich. Der Wald aber erzitterte. Nach wenigen Tagen kam der Mann wieder, diesmal begleiteten ihn einige Arbeiter mit Motorsägen. Clara erschauderte. Der Geschäftsmann zeigte auf den prächtigen Ahornbaum.

»Nein!«, schrie Clara auf, doch ihr Ruf blieb ungehört.

Das anschließende Geräusch sollte sie nie wieder vergessen: Nachdem die Motorsägen stillstanden, folgte der Fall des mächtigen Ahorns. Nach einer ersten sonderbaren Stille, in der der Baum beinahe lautlos kippte, krachten die Äste der Bäume, die er mit sich zu Boden riss, und dann ließ ein dumpfer Donnerschlag den gesamten Waldboden vibrieren.

Clara liefen Tränen über die Wangen. Auch der Blätterwicht wirkte wie erstarrt.

Der Geschäftsmann watete zufrieden durch das Bächlein.

Er dachte an sein neu errichtetes Sägewerk und an das Geld, das der Baum wohl bringen würde. Und das Wasser nahm seine Geschichte in sich auf. Es erfuhr, wo der Mann herkam, welche Wünsche er hatte und wohin diese Wünsche ihn führen würden. Und seine Füße erzählten dem Wasser auch, dass er vergessen hatte, dass er selbst ein Teil der lebendigen Erde war wie dieser Baum. Das Wasser war entsetzt und wollte diese Geschichte keinesfalls zur Erde hinunterbringen.

Da machte der helle Stein am Ufer dem Wasser ein Angebot und schlug vor: »Ich nehme sie, diese Geschichte, und bewahre sie auf. Gib sie mir.«

»Nein, das geht nicht!«, erwiderte das Wasser aufgeregt, denn es wusste um die Kraft der Steine und es wusste auch, dass es nicht zu ihren Aufgaben gehörte, Geschichten zurückzuhalten. Der Felsbrocken aber sagte zum Wasser: »Doch, du solltest mir die Geschichte geben. Denn sie wäre in der Lage, der Erde die Kraft zu rauben. Sie ist mit allen Wesen, die auf ihr wandeln, zutiefst verbunden. Wenn sie Geschichten dieser Art hören muss, kann sie das Wasser in ihrem Innern vielleicht nicht mehr mit dem nötigen Schwung hinausschicken, und dann läuft die Welt Gefahr, sich nicht mehr zu drehen. Du weißt, was das bedeuten würde.«

Da umspülte das Wasser den Stein mit der unheilvollen Geschichte des Mannes, und ein eigenartiger Schatten überzog den Felsen.

Clara versuchte die Tragweite dessen zu erfassen, was sie gesehen hatte, und bemerkte dabei nicht, wie die Zeit nun wieder schneller voranging, und Jahr um Jahr und Jahrzehnt um Jahrzehnt vor ihren Augen verfloss. Ab und an kam wieder diese Kälte über den Wald. Und bei manchen Menschenfüßen, die durch das Bächlein gingen, erschauderte das Wasser wieder. Wer weiß, welche Geschichten es waren, die jene Menschen mit sich trugen. Eines aber war sicher: Das Wasser wollte sie nicht weitererzählen, und der Stein nahm sie auf – eine Geschichte nach der anderen –, und so wurde er immer dunkler und unheimlicher. Zu der Zeit trieb auch der mächtige Baumstumpf aus, der vom Ahornbaum übrig geblieben war, und entwickelte sich zu dem Ahornbusch, aus dem das Blätterwesen aufgetaucht war. Und Clara erkannte nun in dem knorrigen Männlein neben sich den Geist des ehemals prächtigen Baumes.

»Weißt du nun, was zu tun ist?«, polterte dieser.

»Nein«, antwortete sie unsicher. Ungeduldig erwiderte der Ahorn: »Du musst zu dem Stein gehen und ihn ins Wasser schieben!« Erschrocken sah Clara den Baumgeist an und erwiderte: »Nein, wenn ich den Stein ins Wasser schiebe, werden alle Geschichten, die

der Stein in sich birgt, auf einmal ins Wasser stürzen. Und das Wasser wird sie alle erzählen. Die gesammelten unheilvollen, verdrängten Geschichten werden in die Flüsse gelangen, durch die Städte hindurchfließen und ins Meer hinein. Dann wird die Sonne kommen und die Geschichten mit in den Himmel nehmen, sie werden mit den Wolken um die Erde kreisen, als

Regen, Hagel und Schnee hinunterfallen und tief in die Erde hineinsickern. Und dann hört die Erde, was die Menschen vergessen haben.« Und traurig fügte sie hinzu: »Wenn die Erde all diese Geschichten auf einmal hört, wird sie vielleicht keine Kraft mehr haben, das Wasser mit Schwung wieder von sich zu geben. Und dann würde sie aufhören, sich zu drehen.«

Clara schaute den Ahorngeist mit großen Augen an, doch der blickte nur auf den finsteren Stein. Sie folgte seinem Blick und stellte erleichtert fest: »Außerdem kann ich diesen Felsbrocken unmöglich alleine bewegen! Er ist viel zu schwer.«

Das Blättermännchen zeigte sich unbeeindruckt: »Du wirst schon Hilfe bekommen.«

Aus irgendeinem Grund gehorchte Clara und ging hinunter zu dem Stein. Und plötzlich hatte sie das sichere Gefühl, nicht allein zu sein. Sie wusste, dass viele mit ihr gingen, obwohl sie niemanden sah. Und als sie den Fels erreichte, schoben mit ihr unzählige Hände den riesigen dunklen Stein an. Nach Jahrhunderten löste er sich vom Grund. Es roch nach feuchter Erde. Er lockerte sich, dann kippte er, fiel und rollte schließlich ins Wasser. Kaum war er im Bach gelandet, löste sich die Schwere und Dunkelheit von ihm, und die zurückgehaltenen Geschichten kamen frei und flossen den Bach hinab. Der riesige Stein aber lag hell und klar mitten im Bach und strahlte voller Anmut.

Clara durchströmte ein Glücksgefühl, wie sie es noch nie zuvor erlebt hatte. Sie fühlte sich selbst wie befreit, tanzte um den hellen Fels im Bach, und das Wasser nahm ihre Geschichte in sich auf. Obwohl sie noch immer niemanden sehen konnte, spürte sie unzählige Wesen, die mit ihr gemeinsam lachten und tanzten. Es war ein ausgelassenes Fest im sprudelnden Bächlein – voll quellwasserklarer Freude. Und mitten auf dem Felsen tanzte auch das Blättermännchen, und es sah dabei so wild und vergnügt aus, dass Clara noch leichter zumute wurde. Sie setzte sich zu ihm auf den Felsen. Das Wasser umstrudelte die beiden, als der Ahorngeist sagte: »Du hast diesen Felsbrocken mit vielen helfenden Wesen ins Wasser geschoben.« Er lachte: »Du wusstest es nicht, aber sie alle waren die ganze Zeit über bei uns. Sie haben mit dir dem Wasser gelauscht und waren mit ihm in der Tiefe der Erde. Sie haben den lebendigen Wald gespürt und den Ahornbaum wachsen sehen. Sie haben dein erschrockenes ›Nein‹ gehört, als der Geschäftsmann den Baum fällen ließ, sie fühlten die Schwere des Ver-

gessens. Und weil das so war, konnten sie dir auch helfen, denn nur mit ihrer Kraft ist es dir gelungen, den Stein ins Wasser rollen. Und gerade eben haben sie auf diese unerklärliche Weise dein Glück gespürt und mit dir getanzt! Somit erzählt das Wasser jetzt nicht nur die vergessenen Geschichten, sondern auch die erinnerten. Und die Erde wird im Gleichgewicht bleiben und ihren Schwung nicht verlieren.«

Mit diesen Worten kletterte der Ahorngeist zurück in die Blätter des Busches und war bald nicht mehr zu erkennen. Clara aber saß noch eine Weile am Wasser und genoss den sanften Wind und die warmen Sonnenstrahlen. Der Duft des Waldes begleitete sie, als sie schließlich über die flachen Steine durch das Bächlein ging, sich am anderen Ufer die Schuhe wieder anzog und ihren Weg fortsetzte.

Welt in der Welt,
kraftvoll und zart zugleich,
voller Wunder
für dich und mich

IM GEFIEDER DES KOLIBRIS:
AUSGELASSENHEIT

Der Kolibri fliegt weiter

Dass der Kolibri an dieser Stelle in die Welt davonschwirrt, kann eigentlich nicht sein, denn blättern wir zur Anfangsgeschichte zurück, ist er wieder da, mit der Kraft des Wassers noch im Gefieder. Doch vielleicht fliegt er beim Schließen dieses Buches noch viel weiter … Und womöglich ist er dem einen oder der anderen beim Lesen auch ins Herz geflogen, und so könnte es sein, dass der Kolibri uns mit seiner hinreißenden Leichtigkeit immer wieder auf unserem Lebensweg begegnet.

Wer die Geschichten dieses Buches gerne in einer frei erzählten Audio-Version hören möchte, findet sie über diesen Link im Podcast »AndereGedanken«:

www.momoheiss.de/kolibri

Hintergrund und Herkunft der Geschichten

*Die hier versammelten Geschichten gingen und gehen durch viele Herzen, Münder und Ohren. Geschichtenerzähler*innen aus aller Welt erzählen sie frei.*

Einige Geschichten dieses Buches sind bereits weit über Kulturen und Kontinente hinweg gereist. Trotz ständiger Veränderung bewahren sie ihren inneren Kern. Sie werden von Erzählenden gefunden, bearbeitet und tauchen wie ein unsichtbares Wesen in ihre Herzen ein. Dann wandern sie durch den Klang ihrer Stimmen in die inneren Welten der Lauschenden. Manchmal werden sie auch aufgeschrieben, so wie in diesem Buch. Dass wir uns unabhängig von der eigenen Herkunft in den Geschichten verschiedenster Kulturkreise und Epochen wiederfinden können, empfinde ich als besonders verbindend. Gleichzeitig ist es mir ein Herzensanliegen, zu beleuchten, welchen Weg eine Geschichte zu uns genommen hat. Deswegen möchte ich im Folgenden das berichten, was ich über ihren Hintergrund in Erfahrung bringen konnte.

Das Feuer und der Kolibri

Durch die afrikanische Umweltaktivistin Wangari Maathai ist diese Geschichte besonders bekannt geworden. Deswegen wird sie manchmal als afrikanische Geschichte ausgegeben. Vermutlich kommt sie ursprünglich aber aus Südamerika, der Heimat des Kolibris. Es gibt sie allerdings auch mit einem Papagei als Protagonisten. Für dieses Buch habe ich mich für eine von vielen möglichen Fortsetzungen entschieden, die von dieser Geschichte im Umlauf sind.

Zwei Krüge

Besonders bekannt ist die indische Version dieser traditionellen Geschichte. Der Wasserträger ist darin ein junger Kaufmann. Es gibt sie aber auch in einer chinesischen Variante, in der ein alte weise Frau die Wasserträgerin ist. Durch eine Kollegin habe ich erfahren, dass sie auch in Russland erzählt wird.

Das Blütenmeer

Auf der Suche nach einem Blütenmotiv wurde ich von Mitgliedern einer Facebook-Märchengruppe auf den Stoff dieser Rätselgeschichte aufmerksam gemacht. Die Rahmenhandlung ist frei erfunden. Die nachträgliche Re-

cherche hat ergeben, dass das Blütenrätsel auch in der biblischen Erzählung von König Salomon und Königin Saba erwähnt wird.

Wer weiß das schon!

Diese Geschichte kommt vermutlich aus China und ist mir immer wieder unter dem Titel »Glück oder Unglück« begegnet. Sie hat mich lange begleitet und ist der Grund für die Entstehung des Podcasts »AndereGedanken«.

Zwei Freunde

Die Fassung dieser Geschichte stammt von dem Erzähler und Musiker Tormenta Jobarteh. Er hat die orientalische Geschichte unter dem Titel »Nabek und Daga« ausgestaltet und mir die Erlaubnis gegeben, diese Geschichte in Anlehnung an seine Bearbeitung zu übernehmen. In der Audioversion erzählt Tormenta Jobarteh die Geschichte und musiziert dazu auf dem afrikanischen Instrument Kora.

Der gelbe Kranich

Diese traditionelle Geschichte aus China gibt es in verschiedenen Versionen. In einer Variante ist es kein Student, sondern ein Bettler, der sich mit dem gemalten Kranich für den Wein bedankt, den der Gastwirt ihm umsonst ausschenkt. Als der Gastwirt später durch den gemalten Kranich reich geworden ist, kommt der Bettler zurück, spielt seine Flöte, setzt sich dann auf den Rücken des Kranichs und fliegt als taoistisches Zeichen der Unsterblichkeit in den Himmel davon. Der reiche Gastwirt baut ihm zum Dank daraufhin einen prachtvollen Turm. Nahe der chinesischen Stadt Wuhan steht auch tatsächlich der »gelbe Kranich-Turm«, dessen Legende erzählt wird. Der Gesang des Kolibris bezieht sich auf das für diese Geschichte neu erfundene hölzerne Ei.

Huhn oder Adler?

Diese Erzählung ist die Bearbeitung eines Kunstmärchens von James Aggrey aus Ghana/USA (1875-1927). Im Original hat sie folgenden Schluss: Ein Naturschützer bringt den Adler in die Berge zurück und hilft ihm, dem Ruf seines freien Artgenossen zu folgen. Im Coachingbereich wird sie jedoch häufig mit tragischem Ende erzählt. Daran gefällt mir der starke Aufforderungscharakter, sich selbst zu erkennen.

Die Ratte, die sich fledermauste

Manchmal ist die Hauptfigur dieser südamerikanischen Geschichte auch eine Beutelratte. Ich habe mich aller-

dings für eine andere Version entschieden. In der Hörfassung wird die Geschichte einfühlsam von meiner Kollegin Silvia Hein erzählt.

Zwei Schwalben

Diese traditionelle Geschichte aus China habe ich in der Variante mit den zwei Schwalben kennen- und lieben gelernt. Viel bekannter ist jedoch eine Version, in der statt zwei Schwalben ein Hahn gezeichnet wird.

Der Hutmacher

Diese Geschichte stammt vermutlich aus Indien. Ganz sicher ist das jedoch nicht, manche Quellen behaupten, sie käme aus Afrika. Die Illustratorin Yani Wang erzählte mir, dass sie die Geschichte aus ihrer Heimat, China, kennt. Dort bekommen die Affen allerdings Schnaps zu trinken, sodass am Ende der Hutmacher wieder Herr der Lage ist.

Das Seil

»Das Seil« ist eine selbst erdachte Geschichte. Trotz einer motivischen Parallele entstand sie unbeeinflusst von Erich Kästners Kinderroman »Die Konferenz der Tiere«.

Der Pinguin

*Als Musikerin und Klavierlehrerin habe ich meinen Schüler*innen diese Geschichte vom Pinguin immer dann erzählt, wenn sie sich im Erarbeitungsprozess für ein Stück schwergetan haben. Für manche Lerntypen ist dieses Bild der langen Reise eines Pinguins besonders passend. Das Motiv habe ich in einem Buch von Dr. med. Eckart von Hirschhausen (www.hirschhausen.com/pinguingeschichte) gefunden, es trägt den Titel: Glück kommt selten allein … (Rowohlt, 2009). In der Auseinandersetzung mit dem Stoff habe ich allerdings eine eigene Handlung erfunden.*

Warum es Erdbeeren gibt

Diese vermutlich afrikanische Geschichte habe ich im Internet gefunden und oft im Rahmen von Festivals erzählt. Die Reaktion der zuhörenden Paare hat dazu beigetragen, dass die Erzählung immer lebenslustiger wurde.

Die Wette

Diese Geschichte stammt möglicherweise aus Osteuropa, jedenfalls habe ich sie von Zuhörern aus diesem Raum erfahren. Im Internet findet man andere Bearbeitungen dieses Stoffes, unter anderem von Jorge Bucay oder Stephen Covey.

Der Krieger

Der Krieger entstand aus einem Gedicht, das ich vor einigen Jahren geschrieben und zunächst textgebunden aufgeführt habe. Es folgten live erzählte Versionen, in denen das Gedicht durch das freie Erzählen eine andere sprachliche Form gefunden hat.

Der schwarze und der weiße Wolf

Der erste Teil dieser nordamerikanischen Geschichte der First Nation ist weltweit bekannt geworden, häufig mit einem Enkel als Hauptfigur. Die zweite Hälfte der Geschichte ist weit weniger geläufig.

Der Wasserkrug

Auf der Suche nach kurzen Geschichten bin ich auf diese Erzählung des russischen Autoren Lew Tolstoi gestoßen, die mich gleich in ihren Bann gezogen hat. Ich habe sie daraufhin einige Male frei erzählt und anschließend für dieses Buch in eigenen Worten verschriftlicht.

Mawu und die Regenbogenschlange

Die Regenbogenschlange ist als mystische Figur zwar aus Australien bekannt, doch dieser Schöpfungsmythos kommt ursprünglich aus Afrika und ist auf seinem Weg *nach Europa noch durch einige Münder und Ohren gereist. Kennengelernt habe ich den Stoff dieser Geschichte bei einem Arbeitstreffen unter Erzähler*innen, bei dem mein Kollege Volker Patalong die Geschichte zunächst pantomimisch und dann erst mit Worten erzählt hat. Ich habe die Geschichte um Erkenntnisse aus der darauffolgenden Recherche bereichert. Diese Version lebt daher von mannigfaltigen Einflüssen.*

Wasser und Stein

In dieser selbst erfundenen Geschichte habe ich unbewusst mit dem Motiv des Panta rhei (»alles fließt«) gespielt. Alles befindet sich in einem Kreislauf ständiger Veränderung. Auch wir können nie zwei Mal in denselben Fluss steigen …

Danksagung

Es ist mir eine besondere Freude, mich bei allen zu bedanken, die dieses Buch möglich gemacht haben.

Das sind an erster Stelle meine Lektorin, die mit viel Hingabe dieses Projekt ins Leben gerufen und begleitet hat, und die Künstlerin Yani Wang, die die Geschichten auf so fantastische Weise illustriert hat!

Ohne die Unterstützung meines Mannes Jo, der meinen beruflichen und künstlerischen Weg in allen Phasen mit seiner liebevollen Ruhe mitträgt, und meine tollen Kinder, die meinen Weg lebensfroh begleiten, wäre dieses Buch jedoch niemals zustande gekommen.

Eine riesige Hilfe waren mir außerdem Viktoria Zimmer, Nicole Federmann und Silvia Hein, die im Hintergrund die Geschichten so einfühlsam geprüft und gelesen haben.

Und hier seien alle genannt, die mich auf meinem Lebensweg und in der direkten Schreibphase unterstützt haben: Liebe Christiane, Cornelia, Elke, Helga, Julia, Judith, Katharina, Maria, Peter Paul, Rumi, Siegrun, Tine, Tilmann und Vivian, es ist so schön, dass ihr für mich da seid!